ベケット氏の最期の時間

マイリス・ベスリー

堀切克洋 訳

Le tiers temps

早川書房

ベケット氏の最期の時間

装画／荻原美里
装幀／早川書房デザイン室

〈キャノペ〉の庭であそぶ一人娘マルグリット。彼女に捧ぐ。

第一の時

〈ティエル＝タン〉にて

一九八九年七月二十五日、パリ

彼女は死んだ。これからいつも、思い出さなければ。シュザンヌはこの部屋にはいない。わたしの元にはいない。もういなくなってしまった。彼女は……埋葬されたのだ。にもかかわらず今日の朝、このぼろ毛布の下で――埋葬されても死んでもおらず――、毛布の下で、この老いぼれのサムと身を寄せ合っていた。そもそも、わたし自身がまだ埋葬されていないと思えるのは、彼女がこの骸骨みたいな体に、哀れなまでに骨筋ばったこの身に、寄りかかっていたからなのだ。

なのに、うすら寒い。痩せすぎているせいだ。そんなふうに昔から母親には言われてきた。だから小さいころは、痩せすぎでも寒くないように、いつも道端や畑を走っていた。走り回っていたのは、メイに痩せすぎだと言われないようにするためだった。走ってない日はなかったほどだ。ある日ついに、あまりにも長く走りすぎて、そのまま本当に外に出てしまった。海から外へと。メイからずっと遠く離れたところへと。

シュザンヌはずっと、横について走っていた。森を抜け、濡れ落葉を踏み、走り根をまたいだ。一向に止まぬ風に服を煽られて、闇の奥深くへと走っていった。踏んだ重さで小枝が折れるたびに、わたしたちは肝を冷やした。怖くなって、いっそう必死に走った。シュザンヌは足を痛めていたのに、それでも走ってくれた。あるとき、ふたりの足に茨の棘が刺さってしまった。シュザンヌと同じように両脚から地面に崩れ落ちると、自分の心臓が早鐘を打つのが聞こえた。シュザンヌはわたしの肩に、外套にしがみついて、疲れきった両足をねっとりとした大地から引き上げようとした。彼女に付着していた土くれは、まるで足枷のようで、鉛のようで、いまにも靴底が引きちぎれてしまいそうだった。

両足にはもう感覚がなかった。それでも走ったのは自分のため、シュザンヌのためだった。一歩、そしてまた一歩。恐ろしかったのだ。わたしをつかんで離さなくなったときから、彼女は限界だった。もう走らなくていい。シュザンヌは死んだ。部屋にはもういない。彼女は、外套から手を離した。シュザンヌは、わたしから離れていった。

毛布のなかでも感じる寒さ。今日は、金曜だったろうか。ベッドから外に見えるのは、裸木のプラタナス一本だけ。ダブリンなら、いまごろカモメの鳴き声がしきりに聞こえるだろう。街はカモメに占拠され、大声で鳴き、騒ぎ立てるその声が――どこにいても聞こえるだろう。鳥たちは、サンディコーヴの塔を旋回して、中心部に集まってきて群れをなしている。声を限りに叫びつづけ、通り道にあるもの一切にかじりつく。餌を追い求めて徘徊するその姿は、一見の価値ありだ。ふっと、アイルランドで早歩きになる自分の姿が浮かぶ。足早に急ぐ影がリフィー川に映り込み、その後ろからカモメたちがつきまとってくる。一瞬、膝がかくんと鳴ったような音が聞こえたが、鉛色の石畳を靴で踏み崩しただけだったようだ。時間が経ってからメイに――母親に――会いに行ったとき、カモメたちはひとまわり大きくなっていた。鳥たちは、リフィー川沿いで、船舶に積まれた荷物からこぼれたものをつついていた。ゴミ箱のなかの残飯をつついていた――貧しい人間たちに気など使わずに――、というより、残飯のみならず、浮浪者たちまでつついていた。

ドュモンセル通り（パリ十四区）では、カモメの声は聞こえない。シュザンヌの声ももう聞こえない。物音が何ひとつ聞こえない。聞こえるのはただ、過去に聞いたことがあるものだけである。

毛布のなかで、からだは冷え切っている。こんなときは、なにか歌でも思い出さなければ。

Bid adieu, adieu, adieu,
Bid adieu to girlish days

《さらば　さらば　さらば》と
おとめの日に　別れを　つげよ。

ジョイスの声がする。心があたたまる（イット・ウォームズ・マイ・ハート）。ジョイスの声が、このぼろ毛布のなかで聞こえる。彼は、文章を書いているときでさえ、音楽を奏でていた。ピアノの下のペダルを、両足で踏み替えていた。ジョイスは曲を弾きながら、コーク訛りで歌ってみせる。父親譲りの訛りである。老いても甘やかな、テノールの響き。歌を歌うのは、友人たちのためだった。ジョラ一家、ジルベール一家、レオン一家のため。そして、ニノのため。わたしはいま、少し酔いの回った彼の声を聴いている――誰にも知られずにこっそりと。振動が家中に伝わり、ひとりの少女が踊り出す。ジョイスの娘ルシアである。わたしはそっと目を閉じる。演奏を終えたジョイスが、自分の脚とトネリコの杖を使って、三本の脚で立ち上がる姿が浮かぶ。挨拶を終えると、間髪を入れずにドリンクを注文しにいった。生粋のアイルランド人だ。

わたしがよく飲んでいたのは、サウス・ウィリアム・ストリートの〈グローガンズ〉だった。そこには友人のジェフリーが、ジェフリー・トンプソンが待っていた。彼はいつだってカウンターで、頭の鈍そうな連中に囲まれていた。彼を見つけたときは、一緒になって飲んだものだ。今でも憶えているのは、冬になると、客たちがまるで電線の上の雀のように、バーカウンターに身を寄せ合っていたことである。彼らは、帽子やハンチングを横に置いて、いつもどおり賑やかに酒を酌み交わしていた。そんな〈グローガンズ〉を愛している。木の床と壁。青やオレンジの光が窓ガラスから外に漏れている。そういえば、あの客たちは、誰もが同じ格好をしていたな。ワイシャツに、ボタン付きのベスト、上着、そして黒の革靴を履いて。ジェフリーは、口髭をはやしていたっけ。酒を飲むと濡れてしまう太めの口髭。パブでの彼は、いつも幸せな夜を過ごしているようだった。ジェフリーは、わたしの親友だ。向こう側では、男たちが目を合わせようともせずに冗談を言いあっている。ふざけているが臆病な連中め。愉快だが、けっして目を合わせない。冗談を言いながら、いつも遠くばかり見ている。視線の先にあるのは、棚の上の白いガラス瓶、そうでなければ、泡の残ったパイントのグラスくらいだ。ダブリンという街では、あらゆることが威圧的であり、あらゆることが禁じられている。わたしは外に出た。走りながら。

医師診察による所見
資料番号：835689

サミュエル・バークレイ・ベケット氏
八十三歳
身長：一八二センチ（六フィート）
体重：六十三キロ（九・九ストーン）

初診

八十三歳男性、作家。患者の友人であるセルジャン医師より紹介。肺気腫と度重なる転倒により、意識を何度も失っているとのこと。

ベケット氏には、パーキンソン病の家族歴がある（母方の家族）。

一九八八年七月二十七日、台所で転倒した際に、意識を失っているところを妻が発見。クルブボア病院センター（パリ郊外）に入院したが、検査の結果、骨折や出血は認められなかった。その後、平衡感覚喪失の原因を突き止めるため、パスツール病院（パリ十五区）に転院。

これまでのところ、安静時の手足の震え、動作緩慢（アキネジア）、錐体外路障碍による固縮といったパーキンソン病の典型的症状は見られない。しかし、パスツール病院の神経内科チームによれば、運動症状（筋肉の硬直と姿勢の不安定性）から見て、同疾患の非定型または関連する状態の疑いがある。患者自身は、日に日に文字を書くことが困難になり（小字症）、ペンを持つこともままならないと述べている。

以上の「身体不安定性」の状態から判断して、われわれは介護付き老人ホームへの入所を勧めた。

一九八八年八月三日より〈ティエル＝タン〉に居住。現在、妻は故人。到着時には重度の栄養失調で、高カロリー／高ビタミン剤の点滴治療と長期の酸素療法によって、状態は改善。現在は、好天時の可能なときに散歩に出られるよう、施設の外にひとりで出る許可を得ている。

ベケット氏担当看護師の伝達事項

看護師ナジャ

ベケットさんは、スケジュールにとても厳格な患者さんです。夜に読み書きをされるので、遅くまで起きています。わたしの勤務時には、邪魔にならないように、いつも巡回の最後のほう、概ね九時四十五分から十時くらいに部屋に行くことにしていました。

彼は点滴も行っていませんでしたし、本人の希望により、トイレも看護師の付き添いなしで済ませていました。

とても静かな患者さんですが、スタッフには丁寧に対応してくれます。

本人の希望により食事は自室でとっており、入居者のグループ活動には参加していません。

体調がいい時には、午後の早い時間帯に施設を出て、理学療法士が勧めた散歩をしています(十五〜二十分程度)。夕方には来客が結構あります。お酒も少し嗜まれます。禁煙はしていません。

治療プラン

――標準体重に戻るまで、高カロリー食を経口で摂取。

――酸素吸入用眼鏡を使用した酸素療法。毎分一〜二リットル。

〈ティエル＝タン〉にて

一九八九年七月二十六日

わたしは、庭のなかにいる。ここが本当に庭と呼べるかはわからないが、少なくとも「庭のなか」にいる。そういう名称なのだ。誰かが与えた名前には、従うほかない。この庭の芝生は、滑り止め防止の緑色のプラスチックでできている。まがいものの芝生の上を、みんな本物然として歩いているが、実際はそうではない。ここで横になる者など、ひとりもいないのだから。とはいえ、わたしがいま庭にいられるのは、この芝生のおかげである。

今朝は、体にあんまり力が入らない。毎日、脚のトレーニングのために来てくれる男が、そう言っていた。「ベケットさん、今朝は、体にあんまり力が入らないですね」。それでもリハビリはこなした。全力を尽くして、上げた脚を下に降ろすという動作を指示どおり繰り返した。反対側の脚は、同じようにやってもうまくいかなかった。真剣に取り組んでも、なかなか持ち上がらない。それでも脚を持ち上げては休ませる。失敗と再開のくり返し。そしてどうにか最後には、歩くことができた。いや、歩けたというのは、さすがに言いすぎだ。片足が、数センチ離れたところにあるもう片方の足の前に出るまで、力を込めることに成功したにすぎないのだから。この脚ではどうあがいても、カタツムリが走るほどのスピードしか出ない。参ったものだ。

まがいものの芝生は、パッドの下で全部がつながっている。ひとつながりの芝生。その上を歩くときの足取りは、不確かだ。看護師のナジャに付き添ってもらって、一体の芝生の上を歩ける、そんな日もある。彼女の髪には艶がある。清楚で香り高いオイルを何かつけているのだろう。その匂いを感じるのは、彼女が年老いた夫を扱うように、わたしの片腕をつかんでいるとき。ひとりで動けるようにと、この老いた骨格にそうっと触れるときだ。いい匂いだ。彼女は、いったい何を考えているのだろう。老い先短い男の腕を支えながら、フクロウのような大きな眼鏡の奥からまじまじと見つめられながら、何を考えているのだろう。わからない。確かなのは、彼女が淡々と仕事をこなしているということと、優しいということだけだ。わたしが困らせるようなことをしても、彼女は困った顔ひとつしない。離れていても、髪が香ってくる。これ以上は近寄らないようにしよう——彼女に変に思われるのは、どうしても避けておきたいから。彼女が受け止めてくれることを期待して、腕の力をだらりと抜いてみる。そんなことを毎日しているわけではないのだ。

ここの庭は、高い壁に取り囲まれている。ユルム通り（パリ五区。高等師範学校がある）にあったのは、壁ではなく柵だった。またがざるをえない高さの柵である。飲みに行くために跳び越える。飲んだあとにまた跳び越える。両側から跳び越えていたということだ。帰りは上品さを失って、なんとか跳び越えたものだった。酒の相手は、友人のトム。開始時間は絶対に十七時以降、まるでカントの定言命法のように決まっていた。わたしは、子豚のローストを肴に、マンダリン・キュラソーを何杯かひっかけて、フェルネット・ブランカやレアル・ポートを飲み、愚かしいまでに酔っ払った。眼鏡を失くしたこともあるし、小さな穴に落ちたこともあるし、道に横たわって寝てしまったこともある——永遠の沈黙の禁を破って外に出た隠遁者のように。間抜けな酔っ払い。幸せそうな酔っ払い。満たされて、空っぽになった心。軽やかな、とても軽やかな心。もし、父親の教えに従っていただけなら、輝かしい人気を誇るビール醸造業者、ギネスのビールグラスを傾けながら、さぞかし幸せな日々を送っていたことだろう。それが一体。頭に浮かぶのは、自分が蛻（もぬけ）の殻であるということばかりだ。これ以上は、書けない。これ以上、書くことはない。書くことは無理に等しい。

昔は、ジョイスともよく飲んだ。風船みたいなグラスを傾けたものだ。わたしたちは決まって、家畜たちが納屋に戻る時間帯に、ファンダン・ドゥ・シオン（スイス産のワイン）の白を飲んだ。大量生産の味わいである。ジョイスは、オーストリア大公妃の小便のことをつい考えてしまうんだよ、と言いながら、全員にその酒を勧めて飲ませていた。ジョイスは、全員を宗旨替えさせていた。まるで、本物の大公妃のようだった。

If anyone think that I amn't divine
He'll get no free drinks when I'm making the wine
But have to drink water and wish it were plain
That I make when the wine becomes water again.

おいらが神だと思わぬならば
飲ませるものか水甕仕込みのワインをば
出してやろうぜ尿袋の搾りたてをな
そいつを呷って吠え面かくな。

なんということだ、この庭は小便の汗をかいている。まがいものの芝生の上を川のように、老人たちの小便が流れているではないか。もし本物の芝生だったら、黄ばみが残ってしまう。しかし幸いにも、プラスチック製ときた。変色することはない。ちょっと水で流してやれば、元通りだ。だが、この鼻をつく臭いは元に戻らない。こればかりは、どうしようもない。

庭のなかでわたしは、そのうち捕まるのではないかと、びくびくしている。ベケットさん、ちょっとお手伝いしましょうか、などと言われるのではないか。まるで庭を散歩している老婆のごとく、がしっと腕をつかまれるのではないか。花が咲いていますよ、雲がきれいですね、などと話しかけられるのではないか。誰かに触れられやしまいか、と怯えているのだ。誰かが触れてきたときには、いつだって最悪の事態を想定している。もちろん、よく人に触れられていた時期も昔はあった。ひとりはペギーである（ペギー・グッゲンハイム〔一八九八－一九七九〕は、アメリカのユダヤ系美術蒐集家。一九二〇年にパリに移住し、当時の前衛芸術家たちと親交を深めた）。彼女は、触り方も勇ましいものだった。まるで、馬に乗るときの兵士が鞍をつかむようだった。両手で力強く押さえつけるみたいに。しがみついたわたしの肉を骨から引き剥がし、それをトロフィーのように振りかざした。彼女がつかんでくるときには、きっと何らかの衝動に駆られていたのだ……それが何であったかは、わからない。本物の愛だったのだろうか。しかし彼女は、爪を立てていた。爪を立てられることは、嬉しいことだった。言うなれば、わたしは彼女に身を委ねていた。委ねていた以上は、そうされるのが好きだったということになるだろう。実際のところ、好きだったのである。この肉の表面を焦がしてしまうほどまでに爪を立てられることが。まるで、重たい石で叩き殺され、毛皮のパジャマを引き剥がされるウサギのように、彼女がわたしの皮膚を剥ぐことが。そう、好きだった。長いこと、好きだったのだ。

そういえば、フォックスロック（ダブリン郊外の町）にも、似たような若い女がいた。名前はもう思い出せないが。通勤時間帯のダブリン高速輸送で、わたしのことを指でつねって遊んでいた女がいたのだ。グレナギャリー駅まで行くと、彼女はよくそこに立っていた。まあまあ、可愛らしい子だったと思う。アイリッシュ風の容姿だった。ふくよかで大柄な女性——品のいい女の子（ファイン・ガール）だった。彼女がとなりに座り込むと、長い髪が噴水のごとく背中から流れ落ちてくる。その子は、ひどく肉付きのいい指で、わたしのことをつねってくる。中指と親指で、肋骨のくぼんだあたりを爪が深く食い込むまで。わたしは、馬が嘶（いなな）くような声をあげる。そのことがまた、彼女をひどく喜ばせたらしい。それがいつから始まったことなのか、いまとなってはもう思い出せない。どうして彼女はそんな習慣を、わたしをつねるというような習慣を、身につけてしまったのだろう。わからない。きっと、わたしの方が何か言ったのだろう。何か卑猥なことを、である。そうしたことを当時は、外国の女性に——つまりは、見知らぬ女性たちに——よくしていたのだ。何か卑猥なことを言ってつかまれたり、つねられたりもした。彼女の場合は、わたしの肋骨のあたりを、悪女のように弄（もてあそ）んだ。わたしは、彼女の太腿をひどく楽しんだ。わたしは彼女を手でさすり、彼女はわたしを指でつねった。ペギーもわたしを指でつねった。それはやがて痛みとなった。

介護日誌

一九八九年七月二十六日

シルヴィ、准看護師（九時～十八時）

九時四十五分起床。朝食は紅茶一杯とビスコッティ二枚。
排泄は、介助なし。
十時から十時二十分まで運動療法。
十一時五十分から自室で昼食。
キノコのスープ

レモン風味のタラのソテー、人参のピュレ
カシスのシロップ煮

ほとんど食べ残し。補食あり（フルーツジュースを患者が嫌がっていたため、高カロリーのデザート用クリームを出しました）。

アレジア広場（パリ十四区）まで散歩。帰りは息切れ。

来客に友人のフルニエ夫人。十七時ごろ、ウィスキーをグラス二杯。

ナジャ、看護師（十八時～〇時）

夕方はとても上機嫌。楽しそうでした。

十八時四十五分から自室で夕食。
ポリニャック風ミックススープ
サヴォワ風パスタサラダ
ハーブ入りフレッシュチーズ
ベリー入りカスタードタルト

午前〇時、わたしの退勤時にはまだ机で仕事をしていました。

〈ティエル＝タン〉にて

一九八九年七月二十九日

わたしはいま、部屋にいる。室内にはベッド、ナイトテーブル、箪笥、棚、部屋用の冷蔵庫。この冷蔵庫は、永遠の女友達である、永遠のエディットからもらったものだ。比類なき翻訳者である。

窓の手前には、短篇を書くためのテーブルと、クリーム色の電話機が置いてある。ほかにたいしたものはない。部屋の装飾は、母親が見ても文句を言わなかっただろう。彼女の自室と同じくらい華やかで――プロテスタント的な幻想性があるからだ。ただ、この部屋はわたしの所有物ではない。ここで介護を受けているのである。ここに住むようになり、いままでは手紙もここで受け取るようになった。ベッドの上には、三つの電球が埋め込まれたシャンデリア風のライトが、天井から鎖で吊るされている。上の階で物音がするたびに、落ちてくるのではないかと思うと恐ろしくなる。もしあれが崩れ落ちてきたら、一巻の終わりだ。政治家の公約のように、先延ばしされているだけ！　あれが落下してきたら、すぐにでもあの世行き。呆気ない最期。不慮の事故。突然の不幸。世にも奇妙な事件。新聞の見出しには、〈シャンデリア、アイルランド人の亡霊（すでに亡霊となっていた）を空前の悲運に巻き込む〉。いまのところ、ライトはまだある、精彩を欠いた脳みその真上に。

　十八時ごろになってライトをつけると、部屋全体はライオンのような黄褐色を帯びる。光の具合で、壁紙がきれいに見える。心が落ち着く。汚れで黄ばんだ部分は、ほとんど赤や紫色になって見えない。十八時ごろ、テーブルに座ったまま、空に雲がなければ、月を眺める。押し寄せてくる夜の闇。まるで、グレンダーロッホ湖（アイルランド・キリスト教の聖地のひとつ）の岸辺にいるようだ。言葉なく静かに、父さんがハリネズミのようなわたしの髪の毛をぐしゃぐしゃとかき乱す。音もなく静かに、夜の闇が深まってゆく。闇が深まってゆくのを見つめながら待っている、父さんとぼく。待ちつづけていると、だんだんと光が衰えていく。「おしまいだよ（ザッツ・イット）」とだけ、父さんが言う。よかった、じきに終わる。ウィックロー山脈の向こうへと、淡い赤色を帯びた雲が消え去っていく。そろそろ帰る時間だ。山から下りる時間だ。暗くなった道は、来たときとは変わっている。父さんは、ぼくの手にバンドを巻きつけて、はぐれないように導いてくれる。ぼくらは、森をさまようふたりの盲人だ。バンドが引っ張る方に身を任せる。つまずいて転ばないように、木々の根っこをしっかりとまたぐ。ガロッシュ（泥除けや防寒用のゴム製のオーバーシューズ）で夜をまたぐ。やはり静かに、おそろしく大きな夜の闇が、ぼくを父さんとつないでくれる。父さんは夜を生きるミミズク、月がひとつあれば十分だった。

家に戻ると、メイが本気で怒っている。いきりたっている。雷のようにはげしく。不安に駆られた母さんは、雷のようにわめきちらす。ほんの何分か前まで、グレンダーロッホ湖に夜が訪れて月が出るまで、母さんは何も言わず黙っていたのに。幸福に満ちた静けさだった。嵐の前の静けさ、というやつだろうか。

今夜は、月が赤みを帯びている。脚が痛いので、テーブルに座ったまま前に屈んで、赤い月を眺めている。甘い蜂蜜のような色の月。わたしはいま、ジョイスの部屋のなかにいる。

Wait till the honeying of the lune, love!

早月（はやつき）が蜜（みつ）るまで待ってね、あなた！

正面には彼が座っている。眼鏡の下の左眼は、眼帯に覆われている。分厚いレンズの丸眼鏡。見られているかどうかがわからないまま、彼のことをじっと見る。眼帯のゴムバンドが、顳顬（こめかみ）の上の髪を分けている。彼は遠くを見ている。月を見ているのかもしれない。蜂蜜の色をした月を。彼は、灰褐色のスーツと、貝ボタンのついたストライプシャツを着ている。口髭がよく似合っている。口髭はいいアイデアだった。紙帽子のような唇を隠すことができる。口と顎先を髭が一直線に結んでいる。彼の口述もまた直線的だ。脚を組むジョイスを、わたしは見つめながら、同じ動作をする。彼が口述する。こちらを見ているかどうかは、わからない。視線が落ちた、目を下にやった。口述しながらわたしの影を察知しただけかもしれない。

わたしたちは、散らばった枯葉の絵の前でコンビのように座っている。タイプを打つ。打ち込まれていく言葉。タイプの速度をはやめる。誰かがドアをノックする。

「どうぞ」と声をかける。彼の愛娘、ルシアが挨拶をする。彼女は父親に伝言をつたえると、こちらに向かってかわいらしく、にこにこと微笑む。あんな眼をしているわりには、かわいい子だ。彼女の眼は、位置が平行ではないのである。両眼の位置の話をするのに、〈平行〉か〈平行じゃない〉かという言い方が適切かどうかはわからないが。どちらにしたって、ルシアの眼は平行ではない。だからといって彼女の可愛らしさが、失われることはないのだが。

　ジョイスの部屋から、ルシアが出ていった。わたしは、ふたたびジョイスの本をタイプで打ちはじめる。『進行中の作業（ワーク・イン・プログレス）』という題名なのに——なかなか進行しない。言語が、それも複数の言語が織りなす音楽。打ち込んでいるのは、アイルランド満載の英語だ。われわれの母国アイルランドを、すべてのページに次々と、ジョイスは吐き出していく。アイルランドは、メイの国。わたしの指元に、彼はそれを復元する。感染力は恐ろしい。言語を介した感染は。回復には、なかなかの時間を要した。アイルランドから、ジョイスから、メイからの回復。ジョイスから、母親から、自分の言語からの回復。いや、回復できたのだろうか。わからない。父親と母親の息子となること、両親のもとで生まれること、それは、人間が生まれた瞬間から引き受けざるをえない罰である、と言わねばならない。メイの元で、ジョイスよりもかなり後に生まれたわたしは、スタートが悪かったと言ってもいい。自分はやるべきことをやった、とは言いきれない。言えるはずがない。確実に、もっとうまく立ち回れたのだから。いくぶんか注意深くなれたはずだったのだから。抜本的な対策をとることだってできた。悪と悪との闘いだったのだ。たとえば、メイを殺すことだってできた。母親を殺すのは、それほど難しいことではなかったはずだ。チャンスは山のようにあった。小さなクッションがひとつあれば十分。しばらく強く押さえつける。静かになる。ほんの数分でいい。メイだって苦しまなかったはずだ。苦しんだとしても少しだけ。そうすれば、あんなにだらだらとした人生を送らせることもなかった。考えてみれば、ここまでひどいことにはならなかったはずだ。彼女にとってみてもそうだ。予想を遥かに超えた自由を与えられたはずだった。

メイは看護師だった。朝早くに仕事から戻ってきたときの、疲れ切っている瞬間に付け込むことができたはずだった。そうすれば、彼女の苦しみにも自分の苦しみにも終止符が打てたはずだ。いや、きちんと事を正すには、自分が生まれるよりも前に、彼女を殺さなければならなかったのかもしれない――普通に考えたら、無理な話だが。

では、生まれてくるときなら、どうだろう。それが理想的だったかもしれない。誕生の瞬間に母のことを想って、光と闇が交錯する。もちろん、欲を言えば、祖母も生まれてこなかったほうがよかった。わたしたちは、すべての芽を摘んでおくべきだった。そのほうがずっとシンプルだった。しかし、時間の流れから言えば、そんなことを認めるのは、滅茶苦茶な話である。

彼女のことを恨んでいるわけではない。彼女がぐずぐずしていたこと、岩礁の割れ目にぴったりと貼り付いているウニのように、わたしという存在にへばりついていることを、恨みに思っているわけではないのだ。彼女は為す術を知らなかったのだから。だいいち、ぐずぐずしていたのはわたしも同じである。海藻やアザラシに囲まれているダブリン港のあたりを、ぶらぶらしていたのだから。そうそう、冷涼なアイルランドの海には、アザラシが所狭しと並んでいる。凍てつくような海。あんな場所を好むのは、あいつらくらいだ。あんなところでわんさかと子作りができるなんて、神の恩寵というほかない。まるで、海に生息するウサギのような繁殖ぶり。岩場に寝そべりながら、仲間から愛情表現を受けるのをいつも待ち構えている。フォック。なんて素晴らしい言葉だろうか。けっして馴染むことのできなかった言葉だ。失笑せずにはいられない。《フォック》という言葉（フランス語でアザラシの意）は、わたしの耳の問題なのかもしれないが、ファックと聞こえてしまうのだ。アイルランドだと罵倒語になる。両者の音は何も、ほとんど何も変わらない。わたしの出身地では、――《u》の口を閉じ気味に、恥ずかしそうにと言って悪ければ、――内側に引いてファックと発音する。水辺で丸々と肥えている哺乳類との違いは、ごくわずかである。そんな音、まず口に出す気もおきない。それでも、わたしの記憶では、彼方にある記憶だが、昔はまだましなほうだった。もちろん、常にというわけじゃない。だがわりあいに、当時のわたしは性交（ファック）という運動に没頭していた。間違いなくその運動は、クリケットやサイクリングと並んで、好きな種目のなかに長らくランクインしていた。それによって、生きていることの罪深さが、いくらか和らいだのである。奉仕に対する苦情も、ほとんど受けることがなかった。相手を満足させられなかったことは稀だった――少なくともその場ではだが。哀れで不埒な老人め。今夜はなんとか頑張って眠りにつこう。考えることも、書くこともやめて。いやそもそも、わたしはもう書けない身なのだった。変わらなければ。修正しなければ。楽しまなければ。アイルランド人になるかフランス人になるかは、状況次第。老人には老人向きの運動がある。たとえば新作の、というよりは遺作の「なおのうごめき」。いつもわたしは——ラテン語にかじりつく少年を諭すように——「ほら、フランス語で書いてみろ、大丈夫だ」と自分に言い聞かせるのだが。口のなかでうごめくこの舌、いまのわたしに残されているのはそれだけなのだ。筆は進まず、戯言ばかり。うわごとばかりを繰り返している。最後に長い文章を書いたのはいつだろう。思い出せない。礼儀はまだ忘れておらず、手紙には返事を書いている。自分に残っている力を振り絞って返事を書いている。古くからの友人やイギリスの出版社に近況を書くと、彼らはサム爺から手紙が来たぞ、まだガリガリと書きつづけているぞと、喜んでくれる。「まだ書くものが残っているぞ」と彼らは言い合っている。残っているものなど、ごくわずかしかないのに。隙間だらけ、行間だらけ——何もない砂漠のようだ。出てくる言葉は、ほんのわずか。言葉たちはみんな、骨の髄まで磨り減ってしまった。こんなふうには誰も考えないだろうが、言葉は摩耗するのだ。半ズボンの尻のあたりと同じ。精神と同じ。正確には、あとどのくらい残っているのだろうか。わからない。干草のなかで針を探すように無駄なことだ。干草の山である。脳裏に去来して消えていくのは、いつも同じ言葉。今日は、便箋が大きく見えて仕方がない。ペンを動かすのもやっと。所詮、老人がやることだ。すべてのことが、つっかえつっかえになる。手紙だってあやしい。文章は崩れ、ひどく簡素で、電報みたいになっている。

友よ、ありがとう――間――心を込めて。

ああ、なんと雄弁なノーベル賞作家だろう！　失笑を禁じえない。電気を消して、なんとか眠りにつこう。目を閉じれば、きっと氷のように冷たいアイルランドの海に戻れる――若返りの沐浴をして、元気を取り戻せる。そして水のなかで目をあけよう。塩水で目が赤くなってもいい。ひょっとしたら、人魚が出てくるかもしれない。そしたら、海豹（ファック）の夢が見られる。

ベケット氏の日常生活自立度について

一九八九年七月三十日

ベケット氏は、《起き上がる、座る、横になる》という自力での移動ができます(器具を使わずに、椅子の肘掛け部分、ベッド、テーブルなど、周囲にある家具を支えにしながら)。

――その都度、伝えたり、思い出させたり、説明したり、やり方を見せたりする必要はありません。

――両方向の移動がすべてできます。

――危険性は認められません。

――本人が必要性を感じず、望んでいないときには、移動しません。

患者は、施設内の生活空間（コミュニティスペース、レストラン、治療室……）のなかを自分で移動できます。

――その都度、案内の必要はありません。

――外通りに出るドアまで、生活空間のすべてを動き回れます。

――適切に状況が把握できており、無理なことはしません。

――本人が望まず、必要のないときには、移動しません。

患者は、自室に閉じこもることはせず、定期的に外出をしています。

――その都度、どうすればよいかを説明する必要はありません。

――自分で施設まで戻ってくることができます。

――ルートを把握しながら、目標をもって、無理せずに外出できます。

――本人が無理を感じたときには、外出はしません。

心理カウンセラーK・L

〈ティエル＝タン〉にて

一九八九年七月三十日

脳みそが煮えすぎたママレードみたいに震えている。蠅のように小さく醜い文字を書き連ねている紙が、半ば能無しになったわたしの避難場所だ。わたしはフランス語で、自分のことを書き直している。自分で自分を翻訳するのだ。治療不能な言葉の統合失調症である。母語に対する愛と憎しみ。そこから逃れられずにいる。

すっかり萎れてしまった精神から、かろうじて健康な細胞を掻き集めなければならない。実に骨の折れる作業だ。風の強い日は、せいぜい二行がいいところ。あまりの進みの遅さに、自分がついに動かなくなったかと思ってしまうほどだ。物理学の法則に従うなら、速度がどんどん落ちていけば、いずれ動きがぴたりと止まるのだろう。

わたしが言葉と縁を切れば、言葉はわたしと縁を切るだろう。

自分の目に見捨てられたジョイスは、他人の目を見つけた。彼は、いたるところに目をもっていた。自分の役に立つ、監視役のような目。自身の言いなりになる人間の目、自身にとって天使のような人の目。わたしは、自転車の車輪のような眼鏡をかけて、仕事にとりかかった。さりげなく彼の腕を支え、さりげなく歩行の補助をする。仕事場はいつも、ロビアック広場二番地（パリ七区）だった。空がどんよりと鈍色の雲に覆われていたときも、口述筆記がはじまる時間になったときも、わたしたちは、牛とアイルランドの話をした。

いまならまだ思い出せる。脚を組んで座っているジョイスの姿。アームチェアの肘掛けに触れている一方の脚。ぶらぶらと垂れ下がる脚。つらつらと考える彼。進行していく仕事。膝の上に組まれている両手。わたしの両手と両眼は、彼のためにあり、進行していく仕事のためにある。

日曜だけは、ほかの日とちがった。わたしの両脚が赴くのは、いつもと同じロビアック広場二番地、月桂樹の飾られた黒いドアの前である。ジョイスはサムとは言わず、ただムッシューと呼ぶ。わたしもムッシューと呼ぶ。ただ日曜には、ロビアック広場二番地のドアの前から、ふたりでグルネル通り、ついでボスケ大通りを通ってセーヌ川まで出ようという話になることがたまにあって、そのときだけは、わたしのことを〈ベケット〉と呼ぶのだった。ムッシューをつけずに、気取ることなく、格式ばらずに、ただベケットと。

セーヌ川沿いには、だいたいいつも犬の匂いが漂っている。今日は、十頭以上の犬が楽しそうに水浴びをしていて、みんながそれを見ている。犬たちは、重そうな水をしたがえて陸にあがる。毛がぐっしょりと水に濡れて、表情もすっかりと変わり、なんだか悲しそうだ。子供たちが静かに見ていると、犬たちはぶるぶるっと体を震わせ、くうんと鳴きはじめる。濡れた犬たちが降らせる雨は、身繕いが終わったという合図だ。エプロン姿の女性たちが犬の首に鎖をつける。気温が高く天気がよければ、こんどは子供たちが半裸で歩き回る番である。犬の毛はいまにも乾きそうだ。セーヌのほとりには、たまに犬の床屋が店を広げていることもあった。カンカン帽をかぶり、両脚の間に犬をはさみ、エプロンに押しつけて。セーヌ川沿いの石畳に吹く風が、堆積した犬の毛の山を散らす。山はふわりと浮かんでは飛んで消えてゆく。犬はやっと、しっぽを巻いて逃げ去る。日曜日はこりごりだと言わんばかりに。

日曜日は、大作家の右側について、川沿いの舗装された道を、白鳥の島（パリ十五区にある小さな人工島）まで歩いた。もはや島ではないこの島には、めずらしい物語がある。淫らで神話的な物語。ジョイスが好んでいたような話だ。王の命令によって陸地と接続される以前、この島はマクレルと呼ばれていた。農民たちは、そこで牛を放牧していた。かつてこの島で問題になったのが、けっして「売春仲買人（マクロー）」でも「売春宿の女将（マクレル）」でもなく、「言い争い（マ・クレル）」であったとは、わたしは考えていない。しかし、さまざまな争いがここセーヌ川で行われたため、川底には犠牲者たちの、争いに敗れた者たちの遺体が人知れず沈んでいるのは間違いない。リフィー川もまた、このような不名誉で無益な死者たちをたっぷりと、聖なる水の流れのなかに包み隠している。煽動した者、自殺した者、裏切った者は、海のなかの墓地に飲み込まれ、夜の浅瀬に沈んだ。裁かれざる悪行の数々、反吐が出るような秘密の数々。

そんなことが長らくつづいた後のこと。もちろん争いの首謀者を除けば、誰にも迷惑をかけることなく、慎重さをもって、島で必要な争いだけしかしない者たちもいただろう。しかしあるとき、フランスとナバラの王が、どこかの国の使節から白鳥を贈られたのである。四十羽ほどの白鳥だった。牛よりも、百姓たちの争いよりも、見て

いて心地いい白鳥たちは、やがてこの島の名物となった。白鳥たちを保護するために
あらゆる手を尽くしたのは、女王陛下だった（ルイ十四世の妻マリー・テレーズ・ドートリッシュのこと）。人々に対して
許可なく島に入ることを禁じ、船頭たちに対しては島に停泊することも、白鳥の卵を
とることも、狩猟することも禁じた。その甲斐もなく、白鳥たちは、消滅の危機に瀕
していった。元気がなくなり、そして息を引き取った。きっと争いがあったのだろう。
それを知る者は誰もいない。とにかく確かなのは、その島が当時もまだそこにあった
ということ。たとえもう離れた小島ではなくなっていたとしても、そこに設置された
小径を、わたしたちはほとんど音を立てずに歩いていた。物音といえば、釣竿がたて
る水しぶきの音と、痩せ犬のようなわたしが主人に対して抱いていた永遠の憧れから
漏れ出る、ひそやかな呟きくらいだった。

施設内規則からの抜粋

入居者の外出について

安全上の理由から特別な保護措置を必要とする入居者を除き、誰でも自由に出入りすることが可能です。当施設は、居住空間です。施設への入所は、健康状態にかかわらず、入居者の出入り自由を妨げることを正当化するものではありません。

入居者が、危険性を認識したうえで外出できる精神状態の場合、当施設は、施設外の物理的なリスクにかかわらず、外出を引き止めることはしません。入居者の精神状態は医師が評価し、そのうえで職員が入居者それぞれの外出のための条件を決定します。

施設側は、入居者の外出に伴って生じた出来事に対し、一切の責任を負いません。外出時には、施設内の混乱や問題を避けるため、入居者が必ず職員に外出を伝えなければなりません。この義務を怠った場合、当施設は、本人が不在であることが判明し次第、ただちに捜索し、親族または後見人にその旨を通知します。

〈ティエル＝タン〉にて

一九八九年七月三十一日

からっとした陽気の日には、一日に二度、外出することにしている。習慣のささやかな名残り。ささやかな幸せ。歩くのは、障害物のない静かな道に限られる。しかしまず選択を余儀なくされるのは、右に行くか、左に行くかということだ。コルネイユ劇に出てきてもおかしくない葛藤である。レミ＝ドュモンセル通りから右に曲がるのか、それとも左に曲がるのか。この決定には、目に映るよりも多くの賭けが含まれている。たとえば、来客用ラウンジを通り抜けて、エントランスのガラス張りの扉までたどり着いたあと、左に行く選択をしたとしよう——左に曲がるためには、何が必要だと思うだろうか。扉を通るよりも先に、方向転換の準備をしなければならない。これは、二足歩行動物がなにかにしがみつくための手段を両手両足しかもっていない以上、歳をとってバランスがとりにくくなるやいなや、避けて通れぬ一局面なのだ。もはや芸（アート）である。いやはや骨が折れる。

　理学療法士の助言にしたがって、いわゆる〈軸足〉を起点にして体重移動をするよりもずっと前から、準備に入らなければならない。ドアが開くのを巧く使って、ドアにしがみつきながら、小さく曲がるのである。ちょっとしたコツが必要なのだ。自分でやってみなければ、わからないだろうが。

　いったん左手に出てしまえば、デュモンセル通りを遊歩するのは、かなり気安いものだった。こちら側をルネ＝コティ大通りに向けて歩き出すと、番地を示す数がどんどん小さくなっていく。身のほどを弁（わきま）えて、順路は静かな道だけを選ぶことを原則にしているから、ルネ＝コティ大通りの散歩を試みることなどは、絶対にしない。車は多いし、歩道は人の流れを押しとどめる露天商のせいで定期的に混雑しているし、通行人たちにしたって紳士的ではない。無茶である。しかしありがたいことに、デュモンセル通りが尽きるところ、ルネ＝コティ大通りに達する手前が三叉路になっているので、そこを右折して——道が変わる瞬間は、面白い——トンブ＝イソワール通りを上っていくことができる。デュモンセル通りの坂道は緩やかな下りなので、歩きやすいが――はずみがついて知らぬ間に通りすぎない程度にはほどほどの魅力がある道だ――、トンブ＝イソワール通りには、見せかけの平地が潜んでいる。それでも、無駄な体力を使わないように両脚をうまく使いながら、その道に挑む。わたしはいま、かつて旅人を襲った巨人イソワールに縁ある道の上にいて、斬り落とされたその首が、よぼよぼのこの足元のどこかに埋まっているのである。今日は、たっぷり歩いた一日だった。道を進み、森を抜けた。溝をいくつも越えたせいで、革靴はもうぼろぼろである。そういえばいつのことだったか、使い古された革靴の紐が、ブルミッシュ（サン＝ミシェル大通り）で弾け飛んだことがあった。浮浪者のような歩き方で、靴の開口部をあけっぴろげにしたまま、靴下はあらわに、他に為すすべもなく、とりあえず最初に見つかる店まで急いだ。そして、新品の靴を購入したのである。先の尖った品のあるイタリア製の革靴だった。ジョイスが履いているような靴だ。ぴかぴかの靴は、出発――新たなスタート（フレッシュ）――には、新たな旅立ちには似つかわしい。わたしは胸を撫で下ろし、傷ひとつない紙箱のなかにボロ靴を投げ捨てた。分厚くて重たいドタ靴。その重くのしかかるような存在からも、長距離を走った記憶からも解き放たれ、わたしは歩き出した。新品の革靴を履いてまた歩き出したのである。エドモン・ロスタン広場（パリ六区。パンテオン正面が見え、リュクサンブール公園と接している）、メディシス通り、ヴォジラール通りへ。はしゃぎまわる子犬のように早足で、グルネル通りへ。そして、ロビアック広場へ。ジョイスは不在だった。家にいたのは、わたしを手のひらで転がす彼の娘だけだった。ルシアは、おどけた表情で紅茶を出してくれた。彼女は、わたしのことを〈ムッシュー〉とは呼ばない。〈ベケット〉とも呼ばない。ふたりで映画館や劇場に通うとき、彼女は腕を巻きつけるように組んできて、自分のほうにわたしを引き寄せるのだった。そして、わたしを〈サム〉と呼んだ。〈わたしのサム〉。〈わたしの大切なサム（マイ・ディア・サム）〉。

それほど長く、一緒に歩いたわけではない。それほど長く、ルシアの隣にいたわけではない。一緒にぶらついていたこと、それは確かだが、しかし長く一緒に歩いたわけではなかった。あれは春の日のこと、もう一緒には歩けないとルシアに伝えた。もう、〈きみのサム〉ではないんだと。嵐を呼ぶ雲が、空をふたたび覆っていた。かなり前から、ジョイス邸の上空には、大きな雲が押し寄せていた。もう〈きみのサム〉ではないと言うと、ロビアック広場のドアは元のように閉じられた。そしてわたし自身も閉じきってしまった。まるで、牡蠣の殻のように。

個別面談の記録

一九八九年七月三十一日

ベケット氏は、施設到着時にわたしから提示された診察のルールを、率直に受け入れてくれました。

個別面談は二週間に一度、一回につき三十〜四十分程度ですが、彼にサポートを提供して社会復帰を促すことを目標としています。

とても気さくな方で質問にもよく答えてくれるのですが、一種の内向性が見受けられ、それは奥様が亡くなってからいっそう顕著になりました。

職員や外部のアドヴァイザーから提案された施設内の活動やイベントには、参加することを望んでいません。

にもかかわらず、ベケット氏は周囲に対する気配りができています。毎週、電話は何件もかかってきますし、手紙も受け取り、友人や親族の訪問も受けています。

前記の内向性は、高度に知的な人々との関係と、私生活を大切に守りたいという意思によって、〈ティエル＝タン〉に居住しはじめるよりも前から、社会生活のなかでずっと保たれてきたものなのでしょう。

また彼はここ数年、近親者との死別も多く経験されています。このことも孤独を好む傾向に拍車をかけているのでしょう。

しかし、〈ティエル＝タン〉での生活には、しっかりと馴染んでいるように見受けられます。ご自身のリズムで、執筆活動にも精を出しているようです。

彼の生い立ちや、これまでに経験してきた精神的ショックを考えると、現在以上の社会的適応化を求めることは、必要であるとも望ましいとも、わたしは考えません。むしろそれは、彼がここで見つけたと思われる新しいバランスを崩してしまう危険性があるでしょう。

心理カウンセラーK・L

〈ティエル＝タン〉にて

一九八九年八月二日

頭のなかの考えが、フランス語とアイルランド語のごった煮になっている。哀れな年寄りだ。寝てしまったほうが楽になれるはずだ。本を置いて。ランプを消そう。ジョイスのランプを。カチッ。ちゃんと消えたか？　ほとんど音が聞こえなかった。念のためやり直そう。ランプは消えてるかい？　誰も答えない。誰も答えてはくれないよ、サム。きちんと消えているようなのだが。眼鏡を探してランプを見る。もう一度つけてみて、また消す。つけたのは消すため。何も変わらない。ただ暗さが変わっただけだった。

月明かりがまだ床を照らし、わたしの毛布の裏側までが明るい。コンブレー（プルーストト『失われた時を求めて』に描かれる架空の田舎町）の近くにいるみたいだ。枕に頬を当てて横になっていると、ドアの下から光が差し込むのが見える。もやもやが消えていく。外からやってくるあの光、ドアの隙間を通り抜けてくるもうひとつの光は、大勢が一か所に集められた老人たちにしか味わえないものだろう。万一のことを考えて灯りがついている。幽霊のような影は追い払われている。亡霊に光を当てることが心掛けられているのだ。夜になって、彼らは光のなかで死んでいった。白熱灯に触れてしまった蛾のように、焼き焦がされていったのだ。

　ジョイスのランプ。ルシアが中に入ると、ロビアック広場の扉が閉まった。光が消される。カチッと。入国拒否措置（ペルソナ・ノン・グラータ）である。いったい何があったのか。もう思い出せない。それからは、居心地の悪い街のなかを彷徨（さまよ）い歩いた。ふらふらと、言葉を探しながら、光が戻ってくるまで。光が戻ってきたのは、ある日のこと。わたしが光をふたたび見つけたのは、白鳥の小径のいちばん端で、あの作家が待っていたときだった。なんと、ジョイスだったのだ。

　ああ、反対側から話し声が聞こえてきた。足音が近づいてくる。巡回の時間だ。見回り番が揃い踏みである。青だか白だかのブラウスを着て、つっかけを履いて。消灯の時間。いまから、老人たちは外出が禁じられる。外出は、昼間でなければならない。もうわからない、何も見えなくなったこの部屋では、始まりと終わりの区別もつかない。メイと、死んだ父親と一緒にアイルランド島にいるようにも思える。家のベッドに横たわる父親は、海と山に挟まれている。鼻孔をくすぐるスイートピーの香り。勇ましい心が緩む。そして彼は宣言する。そのうちホウス（ダブリン郊外）の天辺まで行き、シダの上に寝転んで、丘の高いところから屁をするのだと。これが最期ではない、自分はダブリン湾から絶景を見渡すのだと。闘う、闘う、まだ闘う、と彼は言う。そして、静寂が訪れる。いまや、すべてが静かで空っぽになってしまったかのようだ。何を言えばいいか、もうわからない。言葉がどこかに行ってしまったのだ。

誰かがドアをノックする。

いまは、誰とも話したくない。何を言えばよいか、何を答えればいいかがわからない気がする。

ふたたびノックの音がする。

わたしは、シーツを頭からかぶった。

――アイルランドさん？　ねえ、アイルランドさん？

ドアの前で吠えている狂った女は、誰なのか。ひょっとして、ちょっとおかしいのは、わたしなのか？　灯りをつけよう。だめだ、もしつけたら、起きていることがあの女にバレてしまう。消しておかねば。スイッチは入ってない。ランプの話だ。イカれた女はというと、まだドアを叩いている。

――起きてるんでしょう、アイルランドさん？　ひとこと言いたかっただけですよ、〈おやすみなさいね（グッド・ナイト）〉！

わたしはまだ、コットンの白いシーツのなかにいる。〈ティエル＝タン〉のイニシャルが赤い縁どりで彩られたシーツに潜って、天井のほうを向いて息を吸い込むと、強烈な洗剤の匂いがするが、それにメリットがあるとすれば、ほかのものすべてを包み込んでしまうことくらいだろう。バカ女は、まだそこでくすくす笑っている。彼女を呼ぶ声がする。

――ペルージャさん、そんなところで何をしているんです？　もう戻りましょうよ。

酸素マスクを探さないと。医師が、一晩中つけておいたほうがいいと言っていたんだった。闇のなかを手探りでようやく見つかった。腹がへって、からからに喉が渇いて、空気を求めるようにマスクをつける。灯りもランプも、もはやどうだっていい。空気さえあれば。空気を、早く！

連絡ノート

一九八九年八月三日

准看護師、テレーズ（〇時〜八時）

ベケットさんの部屋の灯りは、夜の二時までついていました。

わたしが巡回に行ったのが、一時ごろです。ドアをノックすると、返事をしてくれました。テーブルで本を読んでいたところでした。姿勢も変えられるし、疲れにくいので、読書はベッドのなかで続けられたらどうですか、と提案しました。

わたしがいるところで、彼はベッドに移動しました。

消灯のタイミングは自分で決めたいとのことだったので、ご自由にどうぞと伝えました。

准看護師、シルヴィ（九時〜十八時）

十時起床。目覚めが悪かったようです。ベケットさんは朝食をとることが難しく、また寝ることにしました。

個人用の冷蔵庫に《蓄え》があるので、後で自分で食べると言っていました。

衛生管理

入浴しました。体の衛生管理は、上半身（髭剃り、髪型）も下半身（陰部、両脚）も、ひとりで行うことができました。

両足の爪を切る手伝いは頼まれました。

更衣

ベケットさんは箪笥の中から服を選んで、ひとりで支度をすることができます。

上段の更衣（肌着、シャツ、セーター）と中段の更衣（ボタン、ファスナー、ベルト）は、難なくこなせています。

下段の更衣（靴下、靴）には、かなり時間がかかります。

〈ティエル＝タン〉にて

一九八九年八月三日

エルミーヌに起こされた。演出家ロジェ・ブランの未亡人である。ブランが死んでからは、早朝であってもよく電話がかかってくるようになった。わたしが夜型である――その評判は、広く知れわたっているはずなのに。だいいち、ロジェは『ゴドー』を上演していたころ、サムは夜型、サムは野良猫なんだと、彼女に何度も言っていたはずだ。ロジェは死んだ。そのことをいま、思い起こしている。エルミーヌを見ていても思い出す。ロジャーが死んでからはとくに、彼女はこんなふうに尋ねてくるようになった。「あなたのこと、起こしちゃったりしてないわよね？」つまり彼女は、わたしを起こしてしまうことを知っているのだ。それでも同じことをする。まあ、構わないが。

夢にルシアが出てきた。バル・ビュリエ（一九四〇年に閉店したパリ五区の老舗ダンスホール）で踊るルシアの夢。家族勢揃いだった。大作家ジョイスは、妻ノーラと一緒だった。娘に拍手喝采を送るために、全員が集まっていたのである。ルシアの肌に、ぴったりと貼りついた鱗の集合体。翠玉のような鮮やかな緑色の糸で縫い合わされたスパンコールが、まばゆい光を放ちながら両脚から首筋までを覆っていた。素肌があらわになった両腕。両脚の太腿は、魚の尾ひれと一体となっている。髪型は、緑色と銀色のメッシュの三つ編み。わたしのことを見つめている。記憶のなかに存在するどのルシアよりも美しい。遠い昔のルシアが、シューベルトの曲に合わせて踊る。踊りながら、こっちを見ている。ジョイスもこっちを見ている。目を逸らしたくなる。すると足元に、まだら模様の犬がいることに気づいた。ルシアとシューベルトに耳を傾けながら、目が見ているのは犬。彫りの深い、無愛想な目をしてる。野生的な目だ。

水で遊ぶように（ガルグイヤード）、雄鹿が跳ぶように（ソ・ドゥ・ビッシュ）、ルシアが宙に舞っている音に耳を傾けながらも、あいかわらず別のものから目が離せずにいて、ガラス張りの大天井を観察していた。眩いばかりの天窓の光から目が離せない。耳は、シューベルトの音楽とルシアのステップを聴いている。彼女は音符の上を滑っている。それとも、這っているのか？目が燃えるように熱くなってきて、だんだんと目が光から離れていく。ようやく、ルシアが踊っている舞台上に目がいったとき、犬がわたしのことを噛んできた。忌々しい野犬は、ジョイスの口をしていた。ベルが鳴る。

目覚めたあとは、看護師の介添えなしで風呂に入った——間違ったことを言っているわけではない。悪口が言いたいわけではないし、彼女たちは熱心に仕事をしてくれている。そもそも、控えめに言って、わたしのリハビリが順調なわけではない。靴下を脱ぐ、ただそれだけのことに、午前の時間を費やしてしまった。なんたる快挙。体を清潔に保つために、この惨めな存在をどれほどの時間が通過したかを、計測してみる必要があるのではないか。《自分の衛生状態》を、他人が許容できるレベルに保つこと、それはわたしを呑みこもうとする泥水に抵抗すること。たとえば、いまや背中を洗うことはほぼ不可能である——すっかり硬くなってしまった体は、言うことをきいてくれない。足もそうだ。指も縮こまっている。両手は、水掻きのついた白鳥の足そっくり。かろうじてできるのは、首を曲げることと、何も感じないように祈ることだけ。

手の届く唯一の解決策は、湯に浸ることだ。わたしを浸している水が――聖別されて――何とかしてくれるのを待ちながら。汚れを洗いながしてくれるまで。わたしを洗浄してくれるまで。完全に糞をこそぎ落としてくれるまで、浸っていなければならない。沐浴のあとでも、あまり自分のことを考えすぎないのが身のためだ。たるんだ肉体、隙間だらけの骨、衰えゆく色欲のことばかり考えるのは、自制したほうがいい。

この老いて痩せこけた体の唯一の魅力は、胸に刻まれた手術痕だろう。いつまでも残りつづけるくっきりとした傷痕は、皺だらけのたるんだ皮膚のなかでただひとつ、一切の緩みを欠いている。あの〈事件(エピファニー)〉から生まれた奇跡だ。

一九三八年の〈事件〉については、細々としたことしか憶えていない。ここからちょっと歩いた場所だった。地下鉄のダンフェール駅の出口を上がったあたり。広場には筋骨隆々とした、大きな灰色の獅子像があり、プティ＝モンルージュ地区でもひときわ威厳を放っていた。〈ベルフォールの獅子〉というのが通り名なのだが、その視線の先には、新世界と呼ばれていたアメリカ大陸と〈自由の女神〉がある（ともにバルトルディ作。前出の「白鳥の島」にも自由の女神がある）。獅子像は、尾を大きく振り上げた状態でぴたりと止められたまま、伏せの姿勢になっている。まるで、広場を行き交う貧しい人びとを見下ろしながら、威厳を誇示しているかのようだ。〈バルトルディの獅子〉といえば、こんどは彫刻家の名前を使った呼び方になる。強靭そうな四肢をもって、分厚い胸を自信たっぷりに持ち上げるライオン。過酷な風土にも耐えてきた脇腹。鬣は、キャバレーのステージを終えたあと、楽屋にいる踊り子の髪の毛を髣髴させる。

かくして、この〈事件〉の日は、オルレアン大通りを進むことにした。空気が湿っていたので滑らないように気をつけながら、一枚また一枚と、落葉を踏みしだいていった。濡れた葉っぱほど危険なものはない。延々と雨が降りつづく故郷の島では、苦労をしたものだった。アイルランド島では、まるで煉獄のように清めの雨が降る。注意に注意を重ねながら、足を落葉の上に重ねていくと、自分がバゴット・ストリート(ダブリン市内)にいるかのように思えてきた。足りないのは、そこにあるべき酔漢の声だけ。アルコールが彼らの臓腑を燃やしているあいだ、通行人たちの臓腑を震わせていたのは、路上で歌う人たちの歌声だった。

She died of a fever
And no one could save her

And that was the end of sweet Molly Malone
Now her ghost wheels her barrow
Through streets broad and narrow
Crying "cockles and mussels alive a-live O!"

モリーは熱病で死んだ
誰も彼女を救えなかった
可愛いモリーの、それが最期
今は彼女の幽霊が車を押して
あちこちの通りを歩きまわる
「ザルガイにムラサキガイ、活きがいいよ！」（ダブリン市の歌として親しまれている「モリー・マローン」）

ちょっとした散歩――それが、昔からの習慣のひとつだ。歩くのはきまって、犬か狼か見分けもつかぬ黄昏時。そうして、酒を飲むための夜が来るのを待つ。アランとベリンダは夕食をまだ食べずに、わたしのことを待っていてくれた。いろいろと話をしながらアルコールをいただくアイルランド流の夕食である。イェイツの詩を数行ばかり朗読してくれるというのが、アランの習慣だった——彼がイェイツを読むときには、Rの音が巻き舌になる。

A sudden blow: the great wings beating still
Above the staggering girl, her thighs caressed
By the dark webs, her nape caught in his bill,
He holds her helpless breast upon his breast.

にわかの一撃。白鳥は大きな翼を
よろめく娘の頭上で静かにはばたかせ、女の腿を
黒い水掻きで愛撫し、女のうなじを嘴に捕え、
なすすべもない女の胸を男の胸にしっかり抱く。

彼はわたしの名前を呼び、詩の続きを読むようにうながした。「レダと白鳥」の続

きを、である。こういうのをアイルランドでは「貴族のひと声(ノーブル・コール)」という。ダブリン流の拷問だ。酒飲みが集まっているなかで前触れもなく誰かの名前を告げ、指名された者は指示に従わなければならない。逃げることは許されない。わたしは選ばれるといつも、甚だ困惑してしまった。強烈な気分の悪さを感じてしまって、自分に与えられた義務を果たせず、ダブリナーとしての自分にふりかかる責任を全うできない。この悩みは、拷問が繰り返されるたびに、深刻さを増していった。しかし、歌と詩をこよなく愛するアイルランド人たちからすれば、格好のお楽しみにちがいない。絶好の機会を逃すことなく、全員がわたしの苦しみを嘲笑い、そのぶんだけ悩みは大きなものになっていった。わたしが知っている唯一の処方箋は、酒を飲むことだった。火刑台に向かって進んでいく受刑者のように、自分が拷問から逃れるすべはないと悟ったときは、朗読する前に酒を煽るのである。酒を飲めば、大笑いしている男たちに囲まれていても、自分の不幸を忘れることができる。それがアイルランド人なのだ。それ以上でも以下でもない。

〈事件(エピファニー)〉当日の夜はすっかり更けてゆき、ウェイターたちがわれわれの上着を差し出し、袖を通させてくれた。一日が終わるという感じだった。帰らねばならない――

それが最大の難関だった。一月の厳寒のなかを帰らなければならないのだ。サン＝ピエール＝ドゥ＝モンルージュ教会の前を通って、オルレアン大通りに戻り、そしてクール＝ドゥ＝ヴェイ邸に至る袋道へ。ダンカン夫妻の住まいである。

店の扉をくぐると、悪魔のような男がぬっと現れて、声をかけてきた。売春の斡旋を生業にしているような感じの男。売春宿の匂いがした。小柄で、金髪で、髪は短く、細身で、シャツのボタンの半分は外れていた。その男が金をせびってきて、あとをついてこいという仕草をした。誰かに呼び止められるのは、いい心地がしない。たとえそれが路上で出くわした知人であったとしても、呼び止められるのは好きではない。口笛を吹かれるのも勘弁だ。そんなときは、いつも聞こえないふりをする。

まさにそんなことが、そのときに起こったのだ。無視してアランやベリンダとの会話をつづけていると、男は怒りをあらわにした。定まらない足音を聞いているだけで、彼が苛立っていること、われわれのうちで群を抜いて酔っ払っていることがわかった。そして、わたしに近寄ってくると、こんな言葉で不愉快な要求を繰り返したのである。

　ケチケチすんな、何枚かでいいんだ。あとで仔猫ちゃんをタダでつれてきてやっから、よ、。

いい加減にしてほしかった。はじめは穏やかに、やがて毅然と、ほかのところに行ってくれないかと言った。男は態度を変えなかった。腕を大きく動かしながら、ひっきりなしに喋りつづけた。先に行ってるようにと促したダンカン夫妻のほうに向かって、一歩踏み出したときだった。男の片手に握りしめられていたナイフが、わたしの動きを止めたのだった。刃先が抜かれると、そこから血しぶきがあがった。悲鳴をあげようとしたが叶わず、そのまま歩道に倒れ込んでしまった。

何も見えない。真っ暗だった。次の瞬間からは、すべてのことがわたしを介さずに行われた。血まみれになった死体みたいに、引きずられていったのである。

警察による調書

一九三八年一月十一日

一月六日から七日にかけての夜、オルレアン大通りとデュモンセル通りの交差点で発生したナイフによる襲撃を受けて、本日朝十一時ごろ、プリュダン、ロベール・ジュールと呼ばれる男の逮捕を行った。

複数の写真による確認を通じて、目撃者のアラン・ダンカン、ベリンダ・ダンカン夫妻および、被害者のサミュエル・バークレイ・ベケット（アイルランド国籍、三十二歳、作家、パリ十四区の〈ホテル・リベリア〉、グランド・ショミエール通り九番地に六週間前から滞在中）は、犯人に間違いないことを正式に認めた。

容疑者は、逮捕時にいたメーヌ大通り一五五番地のホテルでは、ジェルマン・プリュダンと名乗っていた。男は二十五歳の機械工で、複数回にわたるポン引き行為によりすでに警察には知られている。暴行のあと、男はホテルに部屋を借りてそこに立てこもり——毎日、親戚の誰かが食事の差し入れを行っていた。

本日朝、プチ＝モンルージュ警察署に連行され、事件への関与を供述した。

刑事マノンヴィレール、
ベルトメ、グリマルディ、
ヴェゾール

ようやく目を開けると、大部屋だった。まるで奇跡の巣窟である（中世パリの貧民区。障碍者を装っていた物乞いが戻ると奇跡のように治ってしまうことからその名がついた）。あちこちに患者がいて、ベッドがあって、その上にも患者が積み重なっていた。ベッドは部屋の幅と奥行きぎりぎりまで、中央部分にも並べられていた。全身を骨折している者たち、いまにも死にそうな者たち、体が歪んで縮こまっている者たち。そんなのが、部屋中で呻いていた。顔中を包帯でぐるぐる巻きにされ、目と鼻と、唸り声をあげる口しか見えない者たちの姿も見える。傷が疼く。ざらざらした手触りのシーツのなかで、起き上がろうとしてみた。できない。まわりの患者たちが、がなり立てている。できることなら、そこから抜け出したかった。苦しみにあえぐ下層民たちのもとを離れたかった。彼らの叫び声を聞いているだけで、ますます混乱してしまう。何があったか思い出せない。全く憶えていない。

ベルのようなものが鳴れば、この悪夢から抜け出せるのではないかと淡い期待を抱いていた。とりあえず、自分がまだ生きているということを、確実に教えてくれる手がかりを探した。傷が疼く。ああこれだ、まだ生きているじゃないか。

その大部屋の端では、黒のコートとフェルト帽が、数着の白衣に囲まれて踊っていた。すると黒い虫のようなかたちのものが、わたしに向かって飛んできたのだった。

――So....You're awake ?（ああ……目が覚めたかい？）

両手が、すっぽりと両目を覆っている丸眼鏡を持ち上げた。いまだ考えがまとまらないわたしは、黙り込んでいた。痛みは、怒りと混じり合っていた。こんなところで、周囲を取り囲む不幸者たちが、わたしの不幸を見ていることに腹が立ったのである。ジョイスはベッドに座った――晴れやかな表情で、目も細い口髭もにんまりと微笑み、ひどく愉快な様子であった……

その日の午後、阿鼻叫喚の室内にフォンテーヌ医師が入ってきたとき、彼女は大作家と話し込んでいた。ジョイスは、コートを革製のコートに着換え、開いた胸元から見えるスーツのベストの奥には、ワイシャツと黄色と黒のストライプ柄の細身のネクタイがのぞいていた。右手には、小さなランプを持っている。ベッドから眺めていた光景は、まるで芝居のようだった。ジョイスは脱いだ帽子を左手に抱える。ポマードで後ろに流した髪は量が多く、痩せ細った顔のうえに、白髪まじりの丘陵をかたちづくっている。たちまち、彼女に好意を寄せていることが伝わってきた。彼女は長いあいだ、ジョイスの目の治療に関わっていたのである。一般に、作家が何よりも大切にしているもの、それは目だ。だからこそ彼は、見境がつかなくなっていた。ある日、あまりに自暴自棄になっていたため、ヒルに吸血させる瀉血療法を試してみましょう、と彼女が提案した。そのため、〈哀れなセム〉のもとを訪ねると（恩知らずのわたしは隠れて大作家のことをそう呼んでいた）、部屋のなかで虫があちこち飛び跳ねていた。ヒルは飛び跳ね、四つん這いになったセムは叫び、息子のジョルジオが虫を拾い集めようとしていた。完全にばかげていた。あの女はどうかしている。彼女がこちらに向かってくるのが見えたとき、心がざわついた。だが、運命は受け入れざるをえない、そう思って表には何も出さないようにした。

――ジョイスさん、あなたの友人のための部屋がご用意できましたが、費用は全額あなたの負担となりますよ、と彼女は言った。

まあ、仕方ないね。ジョイスは、顎の動きでわたしに了承のサインを出した。言葉は口にしなかった。彼は持っていたランプと、ベストの下から出した原稿をすぐに見せてくれた。心から待ち望んでいた孤独の場所へ運ばれるあいだ、わたしはたったひとつのことだけを考えていた。早く仕事に戻りたい。

ブルセ病院診察情報管理室

一九三八年一月二十一日、パリ

サミュエル・バークレイ・ベケット
三十二歳
身長：一八二センチ
体重：七十二キロ
アイルランド国籍

患者は、一九三八年一月七日未明、救急車で病院に搬送された。午前四時ごろに胸膜を刺され、意識喪失。

翌日には刺激を与えることなく覚醒。動ける状態ではなかったため、一月十七日になってから肺のレントゲン写真を撮影。これにより胸膜出血の診断が確定、あとは自然治癒を待つのみ。胸膜は回復中。肺に外傷はなし。

患者は、抗不整脈薬の服用と休養を条件に、明日一月二十二日に退院できる見込み。今後はブルセ病院において、フォーヴェ医師かわたしによる定期検診を実施予定。レントゲン検査と吸角による治療を行う。

パリ市立病院医師
テレーズ・フォンテーヌ

〈ティエル＝タン〉にて

一九八九年八月四日

わたしは、案内書に書かれていたとおりに行動した。詳細は、部屋の浴室に貼られた青と黄色の掲示に書かれている。

入所者は、施設での生活に関する
衛生面での基本ルールを遵守して
身体を清潔に保つことが求められます。
管理者は、必要に応じて入所者に干渉することができます。

現時点までは、すべてが順調だ。浴槽にこびりついた不快な色を見れば、わたしが衛生管理に熱心で、石鹸をちゃんと使っていることもわかる。冷めた湯の表面には、小さな白っぽい汚れがまだ浮かんでいる。だが浴槽から出るのは、また別の話だ。前もった計算が必要である。角度を計測しなければならない。最初の目標は、バスタブの反対端にある椅子までたどり着くことだ。やるべきことは、はっきりしている。《このために用意されたプラスチック製の椅子に座ったままの姿勢で移動しながら風呂から出ることだ。

メーカーが巧妙なシステムを開発してくれたおかげで、前述の椅子は浴槽の縁にまたがるように固定されている。転倒しやすい老人向けの素晴らしい発明品だ。わたしは、付属の持ち手を片方だけつかんだ。持ち手はふたつあって、片方は壁に、もう片方が浴槽の縁に固定されているのだが、右に記した移送手順にはその双方が欠かせない。わたしは体を起こして、どさりと椅子の上に着地した。微妙な成功だった。無事にたどり着いたものの、尻のあたりに強い衝撃を感じたのだ。着地までのスピードが確かにうまくコントロールできなかった。着地といっても、地上ではなく月面に着陸するかのようだった。同時に、実を言うとわたしの臀部は――大部分が非常に尖ったかたちの骨だったので――たいしたクッションにもなってくれない。それでもなお、はっきりと言っておかなければならないのは、件(くだん)の椅子の座り心地が実に悪いということだ。クッション付きの椅子とは対極で、どちらかといえば硬かった。まあ最近は、硬いものには何であれ違和感を覚えるようになってしまったのだが。そろそろ、先へ進もう。

いったん椅子に――宙吊りになっている椅子に――着いてしまえば、それほど悪い気分はしない。そこから前屈みになると、気持ちがいい。両脚が浸かっている石鹸の泡には、まだ気持ちいいぬるさが残っているのだ。すこしばかり、そのままじっとしていた。ふくらはぎを湯に浸けたまま。足の指は、すっかり萎(しな)びれている。フォーティー・フット（ダブリンの海水浴場）の岩場を歩いていたころが懐かしい。「紳士専用」の岬で水に飛び込む父親の姿が見えた。わたしと兄もあとを追った。落下の瞬間の興奮は、まるで死のように冷たい水のなかに沈んでいった。泳いでいるわたしたちは、まるで痩せこけたカッコウのようだった。入り江をじっと見つめて。アイルランドの海に英気をもらって。あの冷たい海に。

サンディコーヴ、グレナギャリー、ダン・レアリ（いずれもダブリン南東の港町）。昔はよく、小石を拾い集めたものだった。小石をポケットに入れる。そんなことをしょっちゅうやっていたから、ズボンのポケットに穴があいてしまって、母親によく叱られていた。母は冷たい人間だった。それでも、同じことを繰り返した。やめられなかった。つるつるの小石を破れたポケットに詰め込む。当然のことながら小石は、ズボンから足伝いに滑り落ちる。まるでわたしが小石を産み落としているかのごとく、真下につぎつぎと落ちていく。またすぐに、それらを拾い集める。何十個という小石が、ポケットを引き裂く。詰め込めば、隙間が埋まるんじゃないかと思っていた。でも小石は、草の上にまた雨を降らせる。小石の山は、小さな墓のようにも見えた。小さな、小さな墓。わたしはアイルランドという国の墓を残してきたのだ。あのときの自分の足元に、サンディコーヴの塔のふもとに。

あの塔は、いまではジョイスの名がついているらしい。ジェイムズ・ジョイス塔である。

われは神の祭壇に昇らん（イントロイボー・アド・アルタレ・デイー）

（『ユリシーズ』の主人公の友人バック・マリガン登場時の台詞）

これがジョイスの出発点である。でもわたしの出発は、華々しいものではなかった——不完全なスタートだったのだ。何事もはじまりが大切だというのに。アイルランドからの出発は、良くないものだった。実際に、わたしは国に戻らなければならなかった。それも一度ではない。ある時から戻ることもなくなったのは、いくたびも出発し直したからだ。

外に出ることを、考えなければならなかった。最高のバスタイムにもやがて終わりがくる。両脚の軌道を微調整していくと、ステップまでなんとかたどり着くことができた。老人用に、浴槽の横に設置してある。階段を上るドガのダンサーたちからはほど遠い足取り。舞台へと通じる床をほとんど爪先だけで軽やかに進んでいくのとは、似ても似つかない。雲泥の差である。

★

今朝は、どこぞの馬の骨が部屋に入ってきた。立つときの体の支え方をいつも教えてくれる男ではない。予定されていたことのようだ。いいだろう。わが荒屋(あばらや)に入ってくるなり、男は朗々と告げた。

——ベケットさん、これから平衡感覚に関するテストをします。わたしを安心させる必要があると思ったのか、男はこう付け加えた——大丈夫です、難しいことはしませんから、言ったとおりにやってもらえれば。

それが、いちばん難しいことなのだよ。そう、わたしは子どもの頃からずっと、何かをするよう頼まれたとき、すぐさま本気でやっていると自分では思っているのに、実際にはいつも何もできていなかった。場合によっては、まったく思いがけず、無意識のうちに、要求とは真逆のことをやりはじめることだってあって——そうなると、わたしが周囲をまともに扱っていないとも思われかねなかった。大抵の場合は逆だった。きちんとやろうと思っていたのだ。にもかかわらず、手足が言うことをきいてくれなかった。誠実な心に背くのだ。そして、逆流のなかに陥(おとしい)れられ、矛盾の海のなかに置き去りにされてしまう。幼少期は、そのことによく悩まされた。いまでも耳が熱くなる。それもまだ悩みだった。どうしようもなかった。面倒なやつ——家のなかでそう言われていたように、寝ちがえのように痛い存在（ア・ペイン・イン・ザ・ネック）だったのである。下手に、それもひどく下手に刺さってしまった棘のようなもの。そのことをいちばん遺憾に思っているのは、他ならぬわたし自身である。でも、たいしたことはできない。この生まれながらの欠陥を自覚しているからには、この有名なテストに相手と同じくらいの熱意をもって取り組むことは不可能だった——その熱意は、わたしの目からみれば、死ぬときまで続くわれわれの試練に対するどうしようもない無知とつながっていたからだ。寿命はわれわれに夢中になるような楽しみを残してはくれていない。先へ進もう。

　熱血漢はでっぷりとしていて、雪男のように毛むくじゃらで、作業着からは体毛が我慢できずに飛び出していた。喉頭から出る声はまるで雷鳴のようで、定かにはニュアンスの摑みきれない喋り方をしていた。端にノック式の透明な赤ペンが挟まった大きなノートを丁寧にとりだすと、彼はこのような謎めいた言葉を発した。

　——ベケットさん、これから「バーグ・バランス・スケール」というテストをします。男は、こんな言い回しでフォローするのがよいと考えたのである——**頑張りましょう、ガンちゃん**。

ガンちゃんの正体についても、これから課せられる運動の一部始終についても、いまだ詳細な説明を受けていなかったものの、当面のところ、その態みたいな男の馴れ馴れしさは大目に見ることにした（問題のガンちゃんとやらは、きっと自分のことだったのではないか、とわたしは思いはじめていた）。つきつめてみれば、態のような男の容貌と知性には、ある程度の関連があるのではないかと思い至ったのである。

態がいろいろな曲芸を求めてきたので、わたしは教区の子供たちのような揺るぎない信念をもって従ってみたが、なかなかうまくいかない。彼はめげずに頑張っていたが、まだまだテストの序盤に差し掛かったところだった。

――ベケットさん、なるべく手を使わないように立ち上がってみてもらえますか。

試しにやってみたが、もう少しのところで手が出てしまう。また試してみる。また失敗する。これ以上はもう無理だ。

――ちょっと待ってください、チェックしますから。立つのはひとりでできる、でも手の支えが必要、と。続けましょう、頑張って。

さっきとべつの韻を踏むことは、どうやら神が禁じているらしい。

――こんどは、支えなしで二分間立ち続けてみてください。手を放してみて……いいですね。お、いけるじゃないですか、ベケットさん。同じこと、目をつぶってやってみましょう。

この熊男には、体育の授業に初めて参加する幼気（いたいけ）な少女のように、わたしが見えていたのだろうか。腕の力がだらりと抜けてしまう――そんな場合ではないのに。困った。両腕はまさにその瞬間、拷問の指令により命じられた死の舞踏をはじめつつあった。

――両腕を九十度まで上げて。指はぜんぶ伸ばして、できるだけ前に出てください。

支えているこ足のことを考えて、ベケットさん、倒れないように気をつけてくださいね。

わたしは自分が、転びやすい人間であると思っている。階段や屋根から転げ落ち、家具の下に転倒し、坂道を滑り落ちてしまう人間であると。転倒は、天啓。ああ、韻を踏んでしまった。転倒は、天啓だとずっと思ってきたのである。フォックスロックでは、頂上の高さから真っ逆さまに落ち、モミの大木に――最終的には保護ネットに――大きく広げた両腕が当たって、一命を取り留めたことがあった。落下する前、高いところから風の音が聞こえ、尖った岩々が揺れていたのをいまでも憶えている。岩と一緒に揺られているうちに、だんだんと風が強くなってきて、羽をもたないのに飛び立ってしまったのだった。わたしは転び、また繰り返し転んだ。そのたびにまた立ち上がった。気を失っては、再びやり直す。何度もエンディングを迎えながら、無傷で蘇る。いわば、死に向いていないのである。

最後の指示をした畸人の声は、立ち上がったことで細枝のような四肢が擦れる音と重なりあっていた。大木の上に、ケリーマウント通りとクールドリナーの町がもう一度見えはじめて、眩暈（めまい）がした。やはり自分は転ぶ人間だ、と言い聞かせていた。肺を空気で満たすと、これまでに感じたことのない快感にとらわれた。何事も受け入れる両腕は、まだわたしのことを支えてくれている。死には向いていない。下手な落ち方をしただけ。まだ最期じゃない。

★

昨日は、待ちに待った散歩の時間になって、上着を羽織ろうとしていたそのとき、——まるで子供に戻ってしまったかのように——叱られた。《ジャクリーヌ》という名の女だった（あるいはカトリーヌだったかもしれない、どうもこのふたつの名前はまぜこぜになってしまう）。いずれにせよ、それが裁きのはじまり、そのご婦人は、わたしが朝食のラスクをズボンのポケットに詰め込んだことを告発したのだった。みっともない癖ですよ、と。わたしに十分な朝食をとらせることができず、《犯罪的》な浪費行為に加担してしまったことに不満だった彼女が言うには、ポケットのなかにラスクが入っていることは、さらなる深刻な問題を生み出したので、その結果は計り知れないだろうけれど、詳細を知っておくほうが望ましい、ということだった。

《個人用の洗濯およびアイロン掛けは、施設内で行ってください》という用意周到な規則があるのだが、ラスクが詰め込まれたズボンは、ポケットのなかを確認されないまま（時間も限られているのだから、「職員が全員のためにそんなことをしなければならないかどうか、考えてみてください」などと、彼女はくどくどと話していた）、他の入居者の洗濯物と一緒に回されてしまったのである。わたしのズボンのせいで、同じ施設の男たちのよれよれの服はパン屑まみれになったのだ。もし、管理業者がフィルターの掃除をしていなかったら、新品同様だった――ほんの数か月前に購入したばかりの――〈ティエル＝タン〉の洗濯機を、寸分の望みもなく、破損してしまっていたことだろう。このような事態は看過されず、二度と繰り返されてはならないことだった。

知らぬ間に罪に問われていた事の重大さは理解したものの、自分には他にどうしようもないと判断したので、可能なかぎり深く詫びることを心に決めていた。だがしかし、もう遅すぎたようだ。女は、みるみると調子に乗って嬉しそうに、検察官気取りで話しだした。彼女いわく――この告発は問題だと、蒸し返したくなるかもしれないが――個人の洗濯物は、入居者それぞれがしっかりと管理しなければならず（施設規則十二条第二項の《洗濯および雑貨》に基づく)、ズボンのタグに《SB》というイニシャルが明記されている以上、過失に反論の余地は認められない、とのことだった。

あまりにも酷い。愚かな発言ばかりだ。だが、そこまでにしておかねば。この脚ではもう、危険や緊急の事態が起こっても逃げることもできず、数か月前からは、次のような策をとることを余儀なくされているのだから。もめごとが起こった場合、老人が保有するただひとつの武器は、死ぬことか、ひたすらに耐え忍ぶことしかない。この点にかんして、残念ながらわたしは前者を選ぶことができず、酸素を手にしてベッドに横になり、疲れきった様子を装って目をつぶっている。効果は覿面(てきめん)だ。敵はトーンを落とさざるをえない。とくに施設の職員である場合、うまくいったときには、相手は完全に口を閉ざしてくれる。実際に起こったのはこうだ。青リンゴ色の制服に身を包んだあの中年女が、捨て台詞を残して立ち去っていった。ポケットに手を差し入れると、その日穿いていたズボンのなかにざらりとパン屑の手触りがした。そんな感じだ。わたしは、飛んでくる鳩たちや通りすがりの鳥と朝食をともにしている。それがそんなに非難されることなのだろうか? グレイストーンズ(ダブリン市内の南にあるリゾート地)では、よくキッチンの出窓からパン屑を外に投げていた。家はブレイヘッド墓地に向かう途中にあったので、ミヤマガラスが北に向かって飛んでいくのが見えた。まっすぐに尖った嘴をもつ鴉である。パン屑をばらまいても、丸々とした姿をしたウタツグミくらいしか、あえて近寄ってくる鳥はいなかったが。家のリビングでは、無線電信機の発するノイズ混じりの放送が、音楽代わりに流れていた。ある日、われわれの耳に戦争を知らせたのも、そのパチパチという揚げ物のような音の混じる電信だった。母親の耳にもわたしの耳にも、首相チェンバレンの対独宣戦布告が、居間に響き渡ったのである。

わが国とフランスは本日より、国家の義務を果たすべく、悪質で身勝手な攻撃に勇敢に抵抗しているポーランドを援護する。

メイはブレイヘッド墓地の方を眺めていたが、わたしは出発の準備をしようとしていた。脇目も振らず、大陸に向かうことを考えた。まっすぐに、いつもの癖で、厄介なほうへと走り出していた。

★

大抵の場合、わたしが出発しようとするときには、必ずと言っていいほど何かが起こり――見えない手のようなものに――引き留められるようだった。わたしはその正体を、母親だと長らく思い込んでいた。かさかさに乾いたメイの冷たい手が、ひそかに手ぐすねを引いて、いくつもの障害物がわたしの出発を妨げていたのだ、と。その当日も、フランスにまた渡ろうと思って到着した先のニューヘヴン（現在のエディンバラ）で、母親が役人を装って隠れていたのである。彼女がなりすましていた官吏は、わたしの出航を認めず、出入国窓口へ行くようにと促した。窓口の慣習なら――良きも悪きも――言葉遣いに至るまで、わたしは誰よりも素直に、受け入れてきた。言葉遣いに至るまで、である。窓口の男が聞く耳をもたないのは、いまにはじまったことじゃない。

――証明書を出して、と男が言う。

乗客たちが次々に振りかざしていく出国許可証を、わたしは持っていなかった。何を言っても無駄だったろう。小役人は、身分証に「アイルランド国籍」と書かれているのに気づくと、はっと何か閃いたような顔つきをした。そこから話で盛り上がったのは、ウィスキー、クローバー、三位一体(トリニティ)についてだった。自分に課せられた拷問に、なるべく取り乱すことなく耐えていた。わたしのように無口な人間が、誰しももっている傾向、それは数えきれないほどの言葉を尽くしながら、ごくわずかのことしか語ることのできないような芸の持ち主に出くわしてしまうことだ。どんな出口でもいいからと、解放の時をひたすらに待った。この問題に対して慎重な姿勢を崩さなかったとはいえ、あまりに自分の巻き込まれた状況が悪すぎるのではないかと思うと、脳裏にはありもしない奇跡が起こる可能性さえ浮かんだ。こんなことになる——その理由を知っているのは、神だけである。どん、とスタンプが押された。戦争中の国に向かうこのときのわたし以上に幸せな人間は断じていないだろう。

——ベケットさん、出国されたいのなら今ですよ、後だと昼食の時間になるでしょうから。

ドアは半開きだった。ヒステリー女の姿は見当たらず、通路には誰もいなかった。「走っていかないと」と思って、テーブルに手をついてなんとか身を持ちあげた。そして急いでその場を離れた。手を突っ込んだポケットは、ラスクで膨れあがっていた。

★

ちょっとした散歩（誇張法！）から戻ると、テーブルの上にタイプ打ちされたメモが待っていた。宛先は、わたしたち《入居者各位》——ずいぶんと大袈裟な書き方をするものだ。どうして、《廊下を大股で歩きまわり、壁にしがみつき、床材のリノリウムを杖で傷つけている年寄りの誰々》とか《歩行器の王様》とか《車椅子の伝道師》とか《入れ歯の不死鳥》では駄目なのか？　どういうわけか、言葉が、まったく！　空想となって溢れてきてしまう。とにかく、〈ティエル＝タン〉の女司祭ときたら——容姿端麗でシューベルト好きらしいのだが——、いつもわれわれ入居者に、テレビ受像機の話でとやかく言ってくるのだ。こんな具合の書き出しである。

《入居者は、個人用のテレビ、ラジオを持ち込むことができますが、他の入居者の迷惑にならないように、音量を調整しなければなりません》

ここまでなら、何も言うことはない。お隣りさんの長い髪を結い上げたマダムにはいくつか注文をつけたい点があるものの――話しているときの声がかなり大きく、とくに早朝は騒ぎ立てることが多い――、加えてテレビの雑音に耐える必要がないことには、天に感謝をせねばならない。補聴器をつけている一団は、一目見ればわかるから、《職員》に近くで見守られていて、ラウンジルームに移動して、大勢でテレビを見るように始終促されている。これもありがたいことだ。

わたしの仕事部屋にはテレビがないので、《事故（火災、ショート）のリスクを軽減するためのメンテナンスと管理》について書かれた小さな段落はざっと目を通す。受信料その他もろもろの遊興費についても。

おっと、ページの下に、注意書き（ノータ・ベーネ）が付け加わっている。いままでにはなかったものだ。

《現在、テレビで放映されているファイブ・ネイションズ（イングランド・スコットランド・アイルランド・ウェールズ・フランスが参加する五か国対抗のラグビートーナメント大会）に際して、当施設では、希望する入居者に白黒のポータブルテレビの貸し出しを行っています――要保証金。番組放映期間中、テレビは室内で保管することができますが、終了後は受付に返却しなければなりません。ご承知おきください。よろしくお願いします。施設長》

神よ！　わたしもいよいよ無神論を捨てるときがきた！

★

〔テレビ音声〕

《ああ、最後まで行ける！　セルジュ・ブランコがポスト中央にトライ！　見事でした！　この試合でフランスが完全復活です！　あと数分！　もういちど反対側からトライまでいけるか！　22メートルを独走したフランク・メスネルの連携から、最後はセルジュ・ブランコの手にわたっての奇跡のようなアタックでした！　これでこの試合、３つ目のトライ！　フランスチームの素晴らしいトライです！　いまの攻撃ではパスを15回くらい回したんじゃないでしょうか、最後に決めたセルジュ・ブランコは、その象徴ですね。大会を通じて24度目のトライ。これでフランス歴代トップの得点になりました！

　フランク・メスネルは調子が上がってきていますね、フォワードの連携を振り返りましょう。ポルトランが、いまの攻撃では鍵だったわけですが、ご覧のように、ハーフウェイライン上にいます。タックルを避けながらブランコ、カルミナッティ、ラフォンとつないで、そしてまたブランコ、ロドリゲス……そして、ここにいるんですよ！　またポルトランです、50メートル以上走ってますよ、アイルランドはもうポジションが崩れてますね……、気をつけろ、この豚は畑（フィールド）を食い荒らすぞ！

　アイルランドのボールからです。アハーンがファンブル、ベルビジエが奪ったぞ、よくやった！　カルミナッティを、オンダールがフォロー、ここからはオンダールです。うまく対応しましたね、ボールはベルビジエにわたって、ベルビジエからメスネル、そしてボールはブランコまで行って、ブランコからラジスケ……すごいぞ、ラジスケの脚！　最後まで行くのか？　行った！　フランスに追加のトライです！　フランスチームが得点をリード。なんという逆転劇でしょう！

　ジャン＝バティスト・ラフォンのコンバートも決まりました！　さらに2点追加！　これでフランスがアイルランドに26対21となって、試合時間は残り7分です！　しかし素晴らしいですねえ、一時は15対0だったわけですから！　そのあとも21対7でした。なんという追い上げでしょう！　ここで試合終了！　いまだに信じられません！》

　イエス＝キリストが自転車に乗っているかのようだ！　にわかには信じられない。愚かな代表選手（シャムロック）どもが！　芋拾いしかできないなんて。豚に畑を食い荒らされる！　そのとおり！　豚が三つ葉のクローバーを見事に食い尽くしてしまった。ひげ根までむしりとられた畑。大飢饉に備えなければ。ただ彼らにとっては初めての経験じゃない。ひとり残らず、じゃがいも飢饉の生き残り、痩せきった物乞いの子孫なのだ。でも、それならどうして危険を察知できなかったのか？

ああ、わたしにまともな脚があったならば。その昔、脚が動いていたころは、走り手としてはまずまずだったのである。バネのように痩せた脚で、ウサギのように活発に動き回っていたのだ。背番号は12か13。ポジションはいつもスクラムハーフ。両手両足はいつも準備万端だった。ひどく風変わりで——変わり者として知られていた。膝は空へ、目は芝に、ダイブの準備をして、タックルで引きずり下ろそうと、相手のふくらはぎに狙いを定めて。地面へと引きずり倒して、全身を倒し込んで。太い柱のような男が崩れ落ちて、手が緩んで、力なく、楕円形のボールを手放すまで。

シュッ、シュッ、左へ、右へ。次の相手をうまく躱しながら、また弾むように飛び出す。霧のなかに突進していく、人影のひとつが、この止められない走りを止め、この体軀をがっしりとつかんで、短く刈りそろえられた草の上に押し倒すまで。巨人たちの群れの下で見えなくなったわたしは、この試合が終わってくれることを祈っていた。終了の笛が吹かれますように。そうして密集戦のなかでうずくまりながら、もう終わりだぞと言い聞かせた。周りの選手たちは、全員がもう終了間際であることを匂わせていたのに、なんということだろう、全然最後などではなかったのだ。

〈ティエル＝タン〉にて

一九八九年八月五日

さっき、看護師のナジャ（何という名前だろう！）が、〈美しい羊歯（しだ）の目〉で、部屋のドアをノックしにきた。栄養の取り方に関して、いやむしろ栄養を取っていないことに関して、わたしのことを心配してくれていたのである。

「釘みたいに痩せてますよ」と彼女が言う。「いつもどおりですよ」とわたしが言う。棒切れみたいに痩せこけて（スキニー・アズ・ア・レイル）、と母親は言っていた。線路みたいに、小枝みたいに、マカロニみたいに、若木みたいに、寄宿学校のベッドの木ずりみたいに痩せていると。骸骨がいる！　そんなふうにメイが叫び声をあげたのは、わたしが半ズボンを穿いて、竹馬のようにひょろ長い脚と、内側に曲がった膝をあらわにしているときだった。まるで二次元のなかにいる、煙草の巻紙のようにぺらぺらの少年だったのだ。

ナジャは、わたしの返答にも動じなかった。このくらいでは、彼女を驚かすことはできないのだ。正確にどのくらいかはわからないが、もっと大きな驚きが要る。彼女は、羊歯の目でわたしの眼鏡をじっと見つめ、あたかもこの件が非常に大事なことかのように、「先生に食生活の点検を提案しましたから」と告げた。そして、提供される新メニュー内容にわたしが驚かないように、「要点を自分で説明しようかと」思っているのだ、とも言った。ぜひとも聞きたいものだ。

この点でいえば、施設の慣習に共感できたことは一度たりともなかった。夕食に費やされる時間が増えれば、実際には酒を飲む時間は少なくなってしまうのだから。これは完全にアイルランド独自の計算式だが、間違ってないというのがわたしの考えだ。豪華な食事が、この世で一番に好きな食事というわけではない。わたしは肉食だが、もっと好きなのはべつの肉のほうだ。こればかりは、どうしようもない。

ナジャはまず、いくつかの前置きから説明しはじめて、「ここの人たちはもちろん、誰ひとりとして、あなたが自立的に食事をする能力を疑ってはいません」と断固として告げた。彼女は《能力》という言葉を強調しすぎていて、わたしのような間の抜けた老人が、ひとりで飯を食うことがまるで偉業のようなものだと言いたげにも聞こえた。わたしが《きれい》に食べていること、フォークの使い方が器用であることも力説した。彼女が少し息をついたとき、よぎったのはこんな疑問だ。どうしてこんなところまで来てしまったのか？　どうして寿命は、こんなにも悪辣な方法で、わたしを道化に仕立て上げることにしたのか？　これでは、わたしの描いてきた道化、妄想、悪夢そのものじゃないか。歯も抜け落ちて、スープに顔を突っ込む、浮浪者のサミー。もはや大した期待はできない、ポッツォの従者ラッキー。女の話がさらに激しくなっていくあいだ、頭はどんどん垂れ下がっていった。やっとの思いで耳を再び傾けると、話し方のトーンはすっかり変わっていた。

――ベケットさん、ここ数日、手の震えで肉を切るのも、ヨーグルトの蓋を開けるのも、果物の皮を剝くのも難しくなってますよね。プレートに食事を残していましたけれど、できないのが怖くて、それを脇に寄せていたんじゃないですか。

返事をしなかったので、彼女は不満そうにつづけた。

——先生からの提案で、体に合った食事に変えて、注射による栄養補給も再開します。

明日のメニューです。

昼食　濃縮野菜スープ——細切りチーズ——牛乳入りスクランブルエッグ——濃縮バニラクリーム（経口栄養補助食品）

夕食　穀類のスープ＋プロテインパウダー——野菜とじゃがいものピュレ〈牛乳＋バター〉——果物のコンポート＋カッテージチーズ

空がこんなにも低く見えたことはなかった。喉と同じくらい窮屈な生活。わたしは目の前のナジャをじっと見ながら、もうひとりのナジャのことを思い浮かべた。〈朝になって、はてしのない希望の羽ばたきがそれ以外の恐怖の羽ばたく音とほとんど区別されなくなるようなひとつの世界の上に、彼女の羊歯の目がひらかれる〉ほうのナジャを。恐怖とは、先ほど受けたお説教に触発されたものだった。恐怖は、美しい羊歯の目をしていたし、頭のなかで響きつづけていた。

★

昼食後、ベッド脇にぶら下がっているノートに目をやった。楽しい読書の時間である。ベケット氏は普通食を食べ終え、散歩をしてから、トイレ用のおがくずを変えてもらいました――ウンチ伯爵夫人（プルースト『失われた時を求めて』に登場するキャラクター）にも引けを取らない話じゃないか。プラスチック製のクリアファイルに挟まれた緑色の大型ノートに記録された人間の生活。いよいよ、ここまで来た。イタール医師の観察眼によって報告された、アヴェロンの野生児の老人版のようだ。

なかには呆れるくらいひどい文章もある。酸素スプレーやきのこスープの消費量を《売れ行き》だとか。憶えておこう。われわれはもうじき捨てられる。ゴミ箱の目の前にいるのだ。

問診票の素っ気なさ。これがよくないスタートだ。独自性のかけらもない。繰り返し説明することだってできたかもしれない。わたしが答えたことといえば、性別、年齢、そしてアイルランド国籍であること、白と黒の太めの毛髪であることくらいだ。

ほかにも何かあったろうか？　この愚かな人間は孤独だが、すこしばかり攻撃的な一面があること。あとはこの男が、誰にも邪魔されないことを何より望んでいるということくらいだろうか。

でも、本当にそれきりだった。あとは、そいつを何から何まで検査するだけ。どのくらいのスピードで動けるか、生息地にきちんと適応できるか。類例を見ないほど綿密な検査。余命はどのくらいか。結果はというと、すこしも華々しいものではなく、肺活量は平均以下。信仰心はプロテスタントであるというのに、お辞儀のための能力は、期待されるレベルをはるかに下回っている。意気消沈だ。いつもの同じ質問に、いつもの同じ答え、それなのに事細かに記入される――それが、高齢者の公式記録というものなのだ。

この老人の顔には何もない。にもかかわらず、語るべきことは多い。数えきれないほどの皺、ニワトリのように前傾した首、そして一本残らず失われた歯。薄暗いなかで骨の見えている、灰色と緑色の肌。まるでゴヤの絵のようだ。その老人がスープの前に座っている。悪液質により衰弱した手がやっとのことでスプーンを持ち上げるが、作り笑いのように引きつった口元は閉じたまま。男は、食事の動作を繰り返す。彼の黄ばんだ目は、おいでおいでと呼ぶ死神の影をじっと見つめている。彼は、スープを出されても口にしない。気分が良くなるのを待っている。

ピンク色の紙、これなら知ってる。《移動カード》だ。わたしがどうやって行き、どうやって戻ってくるのか。どこまで、誰と行くのか。ごく身近な界隈をのぞけば、わたしは誰かに連れていって、引っ張っていってもらわなければならなかった。加えて、わたしは問診票に明記されているとおり、この聖なるホスピスに救急車で運ばれてきたのだ。気づけばいつも救急車のなかだ。これは宿痾（しゅくあ）である。何かに取りかかろうとすると、結局いつも最後は救急車。以前は前から乗り込むかたちだったが、いまでは後ろからになった。

昔、毛布にくるまれた怪我人たちを乗せて、パリの街を死ぬほどのスピードで駆け抜けたことがある。戦時中だったから、軽傷者も重傷者も、瀕死の兵士も乗せて運転しなければならなかった。敵軍が敗走するまで、壊走するまで、軍靴の響きで地面に罅（ひび）が入るまで、夜になるまで、すべてに片がつくまで、わたしは車を転がしつづけた。当時はレジスタンスとして――グロリア・ネットワーク（ドイツ占領下のフランス国内レジスタンス・グループのひとつ）のP1課報員として――、敵軍をうまく転がしていた。伝言があれば、マッチ箱のなかに入れて転がした。イギリス国民のために、われわれは必死に転がり回ったのだ。

しかしある日、われわれが逆に転がされてしまったのである。もう逃げるほかはない。裏切り者の名は、ロバート。ロバート・アレシュ（諜報機関アプヴェーアを介して独軍に情報提供していたルクセンブルク出身の二重スパイ）という裏切り者の牧師だった。大罪人である。やつは金につられてナチス側に身を転じたくせに、説教は無償でしていたというのだから。陥れられた友人は、ひとりやふたりではない。わたしは逃げ出した。そして身を隠した。

〈ティエル＝タン〉にて

一九八九年八月六日

ルシアからの手紙の束が、どさりと棚から落ちた。ワイルドとジョイスのあいだ、カフカとイェイツのあいだに挟まっていた。走り書きは黄ばみ、紙は色褪せ、閉ざされたままの扉の向こうでルシアが手紙を書いた日付が付されている。ふたつの痛みのあいだ、ふたつの醜態のあいだ、ふたつの逃亡劇のあいだで、ニヨン、キュスナハト、イヴリー、ポルニシェ、ブルクヘルズリ……と彼女は煉獄をくぐり抜けるように、次々と精神病院を転院していった。まるで永遠に囚われの身であるかのごとく。

毎週、わたしはオルレアン＝サンチュール駅に通った。ピンクと白の煉瓦（れんが）造りの駅である。十三時四十四分発の電車に乗ると、一時間後にはイヴリーに着く。ルシアはいつも、ゆったりと沈み込むように物思いに耽っていた。墓代わりの幽閉場所みたいだった。少しずつ、言語がつながっていくようだったが、多くの言葉は、どこかに行ってしまった。周囲の人々はみんな、どこかに行ってしまった。それでも、自分に語りかける声が聞こえると、彼女はわたしに言っていた。わたしも語りかけていたけれども、何も答えてはくれなかった。押し殺された叫び、沈黙という拘束を受けている連中に囲まれて、彼女の耳には何が聞こえていたのだろうか。わからない。みんな、どこかに行ってしまった。そのことを彼女も感じとっていた。そして、自分もどこかに行くのだと感じていた。ルシアは、砂漠のなかで迷子になっているようだった。ふたたび家に戻るには、父親とわたしと、ふたりの人間しかもう残っていなかった。ダディ・ジョイスとサム。一九四一年一月十三日には、彼女の父親は死んでしまった——もうダディはいない、ジョイスはいない。戦時中のことである。死者たちに囲まれながら死んでいったのだ。数多あるなかのひとつの死として。ルシアは新聞で読んでそのことを知った。わたしたちを残して父親が逝ってしまったこと、ルシアを残して逝ってしまったこと。彼女は、またちょっと意気消沈していった。沈黙へと沈み込んでいった。

ルシアの手紙が急に出てきて、棚からどさりと落ちた。本と本のあいだに挟まっていた。ジョイスとワイルドに挟まれていた。

The wild bee reels from bough to bough
With his furry coat and his gauzy wing.
Now in a lily-cup, and now
Setting a jacinth bell a-swing,
In his wandering;

野の蜂は毛皮の上着を被(き)、紗の羽をつけ
枝から枝へとよろめき歩き
あるときは、百合の花杯(さかずき)の中に、またあるときは
ヒヤシンスの花鐘(ベル)を彷徨(さま)ようて
ひと揺(ゆす)り揺さぶっている。

誰もいなくなってしまった。シュザンヌ。ワイルド、ジョイス、ルシア。みんないなくなってしまった。そのことを忘れないようにしないと。

第二の時

〈ティエル＝タン〉にて

一九八九年八月九日

隣のイカれた雌猫がまた鳴き声をあげている。毎朝、彼女が風呂場にいく――垢落としの時間になると聞こえてくる声だ。どうやら蛇口は開けっぱなし、しかも全開らしい。きゅきゅきゅっと右に二回ひねると、青春時代の秋の曲とシャン、、、(シャン)プーがはじまる。シャワー温度が上がると、いよいよ白熱。熱くなれば声が高くなり、室内の湿度に反比例して声はか細くなっていく。甲高い声で、皺だらけの女は曲調や持ち歌を変えていく。陽気な曲の次は、かならず悲しい曲。まるで花瓶のなかの花束のように、その歌声は広がり、滴をたらし、そこからじっと動かない。仕切り壁を越えてくる曲のせいで、今日も胸糞が悪い。排水栓が抜かれるまで、魔性の女が歌い疲れるまで、やがて沈黙がふたたび声をあげてくれるまで、自分ばかりが衰えていくことを祝福する曲はつづく。安息の地に住まう老婆の静けさとは、騒々しいものなのだ。戦争が終わったあとのメイも、窓にぴたりと貼り付いていた。ただし彼女は歌わなかった——歌っているのを見たことがないし、礼拝中だっておそらくほとんど歌わなかったはずだ。口を開けてもすぐに元どおり。そんな彼女の定位置は窓の後ろ側で、歌うことはなく、かといって何することもなく、ただ山並みを見つめて体を震わせていただけだった。その大きな目は両手の中で震えているカップの受け皿のように見えた。震えるせいで心ならずもティースプーンがガチャガチャという金属音を立てている。母親の碧い目が、外の世界をむしゃむしゃと貪っている。彼女は、窓からフォックスロックの街を貪って生きていた。目の前を通り過ぎる景色を食べて栄養にしていた。見るべきものには事欠かない。何かしらが次々と現れるのは、真新しい家屋の窓の外である。老後を過ごすために彼女が建てた小屋。東向きの家は、いつも思い出に通じていた。一日二十四時間が旅の途中。そのことを記憶の牢獄だと、彼女は言っていた。風に揺れて枯枝がいまにも落ちそうなとき、下にいる生きものが受け止めてくれることを望んで、軽々とした枝がその上に着地するように、母親が震える手を窓ガラスに当てているときには、そのまま手が動かなくなることを願っているかのようだった。だがそうはいかない。鉄のように硬くなった拳の揺れがあまりに強すぎて、いまや終の住処のほうが揺れてしまっている。彼女の故郷では起こらなかったはずの戦争の風が吹いていたのである。生き残った人々は、癒すことのできない不幸を背負うことになった。年齢的にいえば母はもう限界だった。箪笥のなかのワンピースにも、この世界にも負けないくらい年を重ねていた。喩えるなら、水分の抜けきった林檎だった。彼女はずっと見張り番をしていて、大きな窓の前で石と化すまで、終末の震えに身を委ねていた。笑うこともなく、聞き取れない言葉を呟きながら、最期の瞬間をひたすら待っていた。

何かしら楽しかったのだろう。以前と比べれば、何らかの楽しさがあったのだと思う。メイは毒を持たない蛇となり、角を持たない山羊となり、堕落した英雄となった。すっかり変わってしまったのだ。

ある日、母親の部屋に行ったときのこと。何の変哲もない部屋の木製の家具には、あちこちに虫喰いの痕があった。何から言葉にすればいいのだろう。部屋の奥からはじめるなら、たしかそこには身支度のためのテーブルがあったはずだ。まがいものの大理石で作られた白っぽいテーブルの上には、錫製の洗面器がひとつ、堂々と場所を占めていた。洗面器は、尿瓶と重ねられていた。昔からそうだった。洗顔と用足しが完全に重なり合っている。そして空中では、鼻を突く体臭が漂い、しかも放屁の匂いと混じり合っているのを、壁に所せましと描かれた花々が嬉々として見つめていた。壁沿いに置かれていたベッドの大きさからは、彼女のそのときの貞操観念がうかがい知れた。孤独な未亡人に寄り添うのは死をおいてほかはない。胴製のベッドには、昔の所有者のときの酸化によってできた緑青が、じわじわと広がりを見せている。取り立てて言うべきものが他にあるとすれば、その小部屋から――あるいは母の胸の内から――放たれる闇くらいだ。メイの闇こそがわたしの闇にたっぷりと酒を飲ませ、悪の華の種を播いたのである。乳房から胆汁の最後の一滴まで飲み干すべく、わたしは彼女の悲しみのベッドに長いこと横になっていた。長いこと、脾臓に巣食う悪魔たちと闘わなければならないのだと思っていた。耳元で囁きつづける陰鬱な声を黙らせるために。しかし、その木曜――たしかに木曜のことだった――、母の部屋のなかで、見える世界がまったく別のものになった。初めての経験だった。メイの闇にも自分の闇にも――メイの闇はわたしの闇となった――とにかく闇に慣れきったわたしの目が、隠された世界について見開かれたのだ。視界は透き通っていた。見たことのない、原始的な光景。まるで窓の外に剝き出しの、乾ききった風景が広がっているようだった。日が沈んでいく田舎町の道。先には不確かで危うい未来の兆しだけしか見えない。そこまでわたしは逃れてきたのだ。墓掘りのような陰鬱な顔をしたわたしは、それが浸透するまで穴を掘りつづけるよりほかの道は残されていなかった。底に行き着くまで土を掻きつづける。暗闇に穴をうがち、出来たトンネルの奥へ進んでいく。閉じ込められていた死骸を見つけ、塵と化した遠い日の夢に思いを馳せる。辺獄（リンボ）の焰から追い出されたわたしは、いつしか断崖絶壁に立っていた。眩暈によって感情が昂り、崖の底に身を投げることが最善の救済策であるかのように思われた。それが最善だ。朝の暗さが夜の闇と生まれつつある光を同時にとらえるように、喜びと悲しみに酔いしれながら、ひとり馬の上にいるわたし。また走り出す心構えはできている。生き残った者たちの乾ききった荒野に行き着く。真っ先に頭から尻までを砂のなかに隠し、口で土を掘る。そのときの舌は、もはや自分のものではなかった。

〈ティエル＝タン〉にて

一九八九年八月十一日

今朝、わたしを起こした女友達は虫歯(キャリー)だった。「おはようキャリー。もうガタガタじゃないか」。痛むのは、右の奥から三番目の臼歯だ。最後に残った何本かの歯まで弱っている、老いぼれのサム。歯が抜けて雄鶏のようじゃないか。いまだかつてこんなにフランス人らしかったことはない（雄鶏はフランスのシンボルのひとつ）。

老人の痛み——それが治まることはない。痛みが、記憶の彼方からやってくる。しつこく疼く痛み。あれは戦争が終わったあとのこと。特効薬なんてないころの話である。空腹でも歯が痛い。噛む力も出ない。仕事もない。歯には鉛が詰められることになった。家庭的な食卓を囲み、カチカチ、チカチカと、歯は少しずつ力を取り戻していった。そこには、何もかもがあった。肉のビール煮込みのパイ包み焼き、じゃがいものガレット、アイルランド風シチュー。

食卓の周囲にも何もかもがあった。というか、誰もがいた。ひさしぶりの再会である。マッグリーヴィーもジャックもコティもいて——仲間たちは何も変わっていなかった。わたしはいくばくか、昔のサムではなくなっていた。白髪が増え、体重が落ち、歯に痛みを感じていた。一方でかれら、小さいころからの友人たちは、相変わらずだ。少なくとも、わたしと比べればそうだった。ジャックは当時もイェイツの弟で、アトリエに籠もっていた（詩人イェイツの弟ジャックは表現主義の画家であった）。変わらず絵を描いていたのである。強烈な青色と緑色の大型キャンバス。描かれているのは、ケルトの伝説だ。画布の上にジャックが描いたのは、冥界の支配者であり、強烈な支配者であるディアルマッドだった。フィンの婚約者であるグラーニャを連れて逃亡したディアルマッド。この画布では、フィンがディアルマッドとグラーニャをついに発見する。ディアルマッドはじきに死ぬ。その直前に、地面に横たわりながら、フィンが差し出す最後の一杯の水を待っている。それが、ジャックが描きたかったものだった。叶わぬ希望、喉の渇き、終末。ジャックが描くディアルマッドは、青白い顔をしている。希望そのものである一杯の水は、フィンの両手から流れて消えてゆく。終わりが見える。その色は青い。

船上では、終末の青がわたしにつきまとっていた。ジャックの描いた青色である。サン＝ローに到着すると——街は瓦礫だらけで——そこには耐えがたい苦痛の名残りが見受けられた。痛みがしつこく疼く。呪わしい歯め。わたしは、瓦礫とぬかるみの道に車を回した。赤十字マークのついた救急車やトラックである。着るものさえなくなってしまった人びとのために、われわれは赤い十字架を担いで回ったのだ。茫然とした人たち、憔悴しきった人たち、半裸の病人たちが、廃墟のなかで身動きがとれなくなっている。地獄の大地の泥のなかに飲み込まれてしまったのだ。わたしは、アクセルを全開まで踏んで、ディエップやシェルブールの方面まで車を飛ばした——看護師たちは、事故になるのではないかとびくびくしていた。がしかし、実際に事故は起こさなかった。サン＝ローでは、一度たりとも起こしていない。運転時は、たいがい孤独だった。わたしが猛スピードを出すものだから、彼女たちはグリップを——スピード狂に対抗するためのグリップを——命綱のようにしっかりと握りしめていた。そして、目的地に着くまで目をつぶったまましがみついていた。その一方で、わたしが突進していったのは、泥だらけのフロントガラス越しに外の景色を見ないようにするためだった。瓦礫と、灰と、廃墟しかない光景。灰より最悪なものはない——その塵はどこまでいっても塵にしかならず、地獄のサイクルを繰り返すばかりなのだから。底の見えない沼の表面には、沈没した文明が吐き出したゴミが、ぷかりぷかりと漂っていた。誰かの私物なのだろうが、もはや色だけしか目印はない。青色の作業用ベスト、茶色の深靴、ぼろぼろの藁の椅子。墓場までが破壊されており、感動的でさえあった。いまやこの街は、蜥蜴の王国になっている。それが壊滅したサン＝ローだった。優に九十五パーセントが破壊し尽くされてしまったのだ。

瓶底のような眼鏡の奥にある眼球に罅が入ったような感覚だった。イメージのなかでしか知らない混沌に向かって、目が見開かれたのはそれが初めてのことだった。悲惨な現実が目の前にある。自分なんかとは比べものにならない。ありとあらゆる悲惨さがごちゃまぜになったものが、がらくたの山のように、サン＝ローの土には溶け込んでいた。戦争が残した爪痕——七月の戦闘の、ノルマンディー上陸の余波である。サン＝ローの街は、お人好しかと思うほどに爆弾を受けつづけた。だから背後にはあらゆる悲惨さを負っていた。まずは鉄道の駅、そして発電所。それが戦闘下のサン＝ローだった。爆破による国土奪還劇を上演する劇場だったのだ。

われわれが到着したとき――身の毛もよだつ記憶だが――、サン＝ローの街中の路上に何百人と吐き出されていたのは、足を引きずる拷問された人々の上を飛び回る鴉たちだった。瀕死の犠牲者たち、ほとんど何も持っていない者たちは、必死にいのちを守ろうとしていたが、彼らの身を守ってくれるものは、何ひとつなかった。教会のイエスの首は切り落とされ、街の木々はすべて黒焦げになっていた。爆風を受けずに難を免れた建物ひとつさえなかった。何も残っていなかったのである。唯一残っていたのは、夏空が街にいつまでも降らせる涙のような小糠雨だけだった。それがサン＝ローの街に降りつづけていた。

われわれアイルランドの「よきサマリア人」は、一九四五年八月の某日、病院建設のために上陸した――看護師、救命隊、医師は何人かいたが、薬は持っていなかった。だから傷口には、オイルやワインをかけて包帯を巻く。アイルランドの「よきサマリア人」は、いつもワインを注いでいた。他人にも自分にも。いつもそうだった。病院として使っていた木造のバラックが眠りにつくころ、ワインボトルからは夜が注がれていた。病人たちは眠っている。バラックのひとつは、アルミニウムで覆われていた――それはマッキー先生のその場しのぎの手術室であり、奇跡が起こる部屋だった。

廊下ではそのとき、アーサー・ダーリー医師——通称A・D(エーディー)——が自分のバイオリンを出していた。エーディーは、バイオリンから生まれた男——彼が世界を飛び回ってきたのは、バイオリンを弾く父親の腕一本ならぬ指五本のおかげだった。エーディーは、バラック中をバイオリンとカルヴァ（カルヴァドスの略称。リンゴを原料とするノルマンディー地方の蒸留酒）で温めてまわった。大勢の病人たちは、奇跡が起こるたびに彼にカルヴァを贈り、われわれはみんなでご相伴に与(あずか)った。謙虚な救世主であるエーディーは、昼は貧者に施す医師であったが、夜になると毎日酔っ払っていた。月が出るとすぐに、紀元前(エーディー)のいにしえの悪魔たちが肉体をもちはじめる。売春婦の肉体を奪い、惨めさを快楽へと変えていたのである。エーディーの享楽は、朝日が昇るまでつづいた。夜明けまでのエーディーは、まったくの別人だった。そして朝になると、いつもの「ダーリー先生」に戻っていた。彼は、聖人も患者も人生を悔やんでいることに気づいていたのだ。売春宿に通っていたのはエーディーだけではない。全員がそこにいた。サン＝ローで、われわれを支えてくれていたのは、ほかならぬ売春宿だった。誰もが禁断の果実を齧ることができたのである。

今日は、ひと齧りするのもひと苦労だった。ゴミの山。ぼろぼろの歯——瓦礫だらけの街。つながっている。九十五パーセントが壊滅してできた虫歯の穴。痛みがしつこく襲ってくる。いつまでも消えない、いくつもの痛み。

——ベケットさん、歯が痛いとおっしゃっていたので、トレイに鎮痛剤を載せておきますね。明日の朝八時に、歯医者さんが診てくれます。あとでわかると思いますが、とっても優しい先生ですよ。

これで噛み付いてくるような医者だったら最悪だ。

★

夜が明けて、歯医者も白んでくる時分、肘掛け椅子の上で縮こまっていると、自分を待っているものが頭に浮かんでくる。拷問のような高速ドリルと、そこから噴き出す小便みたいな水。浮かんだイメージを反芻しながら、長いこと自分に巣食っていた詩句を、頭のなかで繰り返してみる。ロンサール（十六世紀フランスのプレイヤード派の叙情詩人）——この詩人のことをわたしはいつも、ロンソーと言ってきたが、《オン》や《ル》の音がどれほどまでに英語話者にとって手の届かないものかは、なかなかわかってもらえない。祖国を追われたものの聖杯である。タービンの羽根がかき回す空気のように、頭のなかで鳴り響いているロンソーの詩。その主題は、ヘレネである――ヘレネはよく主題となるのだ（ヘレネは、ギリシア神話に描かれるスパルタ王妃）。

あなたが年を重ねて蠟燭に火がともるころ、
火のそばに座って手繰った糸をつむぎながら、
わたしの詩を読んできっと驚いてくれるはず。
ロンサールはわたしの青春を謳ってくれたのだと。

悪魔的なロンソー。気難しくて、意地が悪い。もしかれが英国人となることができたとしたらどうか。けっして意地の悪いことは言わなかったはずだ。代わりに、いつも馬鹿なことばかり。意地悪ではなかったか、そうでなくとも、ほかの人よりはましだったはずだ。しかしそれでもわたしは、心惹かれていただろう。本を読みながら次々と出会う楽しい亀裂に、心惹かれていただろう。それは、わたしの書き物の苦味を深めてくれたはずだ。間違いない。

文章を書いていたころ、つまり、多作だったころという意味だが、時代は戦争のあとだった。仕事場は、パリかユッシーの自宅である。いつものやり方はこんな具合だ。夕方に机の前に座り、自分の後ろ側にひとつの耳——美しく、口もついている、大きな耳——があり、それがわたしの話を聞いているのだと想像してみる。その耳が、頭に浮かぶ言葉を聞いてくれていたことで、言葉を書き留めることができたし、ときには意見をくれることもあった。だから、わたしは耳の話を聞くようにしていた。かなりの信頼を寄せて、話を聞くことにしていた。「悪くないわね」と言ってくれたときは、そのまま書きつづけるようにした——「それは驚くほどむきだしの道路だった」、これは耳のお気に召したようで、わたしは書きつづけた。ときには、わたしの話を耳が聞いてくれているのか、それともわたしが耳の話を聞きながらそれを書き留めているのかが、よくわからなくなった。耳はみずからとわたしを取り違え——わたしもまた、自分と耳とを取り違えていたのだと思う。混ざり合っていたのだ。なおさら混ざり合ってしまったのは、自分でその理由を説明したことはなかったが、実をいうとその耳がダブリン訛りの英語を話していたからである。「ダート訛り」ではない。そうであれば、わたしは耐えられなかっただろう。喉の奥底から発せられて鼻を通り抜けていく上品な発音の訛りでは駄目だった。同様に、口を閉じたまま悪態をつき、言葉と言葉のあいだにファックを繰り返し差し挟むようなノースサイドの訛りでも駄目。声がかすかに上がったり下がったりする抑揚。年を重ねた女性の喋り方。十九世紀的な喋り方。そのようなわずかな抑揚こそが、韻文にはふさわしい。彼女はわたしだけでなく、記憶を失った者たち、松葉杖をつく障碍者たち、寝たきりになった人たちにも語りかけた。そして、自警団たちにも、役人たちにも、大きく太った女たちにも、社会支援を行う者たちにも。つまり彼女はすべてであり、みずからの対立者でもあった。同時にすべての人間であった。時には、牙を剝くこともあった。それでも困らなかった。どうせ誰かが、その話を整理して書かなければならなかったのだから。彼女の歯はとても頑丈だった。わたしの歯とは正反対である。

――痰を吐いてきてもいいですよ、ベケットさん。うがいは、右にある洗面台でどうぞ。

それでこの医者が満足なら。いいだろう。よろこんで痰を切ってこよう。年老いた喫煙者の楽しみでさえある。痰（モラール）が臼歯（モレール）の位置にじゅるりと滑り込む。舌が、歯の空洞のなかにたどりつく。右側の奥だ。新たなる深淵。

　嘘などでなく歯医者はとても親切で、人のできた男だった——ずいぶん前に気づいたことだが、わたしからは、すべての人間が離れてゆく。とくに歯医者はそうだった。「いい男じゃない」と、シュザンヌだったらわたしを困惑させるために言ったことだろう。彼女が「いい男じゃない」とか「なんていい男なのかしら」と言うと、わずかな苛立ちを覚えた。しかし、彼女の考えていることならわかっていた。苛立たせようと思っていたのだ。だから、言われたところでどうってことはなかった。十月のとある日曜日、セント・スティーブンズ・グリーン（ダブリン二区の公園）の木々の葉擦れの下で、池に浮かぶ白鳥の羽を滑り落ちる水のようなものである。いや、実をいえば、どうってことはないというのは嘘だ。むしろ、逆でさえあった。彼女のことばは禍々しくひっかかりつづけ、あちこちに支障をもたらした。しかも、神経を逆撫でするために

「いい男じゃない」と言っていることがわかっていたからこそ、わたしは本気で苛立った。抑えきれなかった。好色なわたしは女の尻を追い回してばかりいた。そのことが彼女を苦しめていた。いつもそう。つらいと思っていたからこそ、二言目には「いい男じゃない」と口走っていたのである。歯医者であろうが他の男だろうが、それはわたしへの仕打ちだったのだ。わたしの若気の至りがもたらした恨み辛みを晴らすための仕打ち。若気の至りという言葉は、あまりよろしくない。彼女は、何ひとつ信じられない男にさえも何かが期待できるかのように振る舞っていたのだから。たまたまこの世に生を受けて、周囲に無頓着でありつづけていた男に。この世界に下手に生まれて以来ずっと、みずからを苛む孤独感を見て見ぬふりをしていた男に。完全に生まれたわけでも、完全に死んだわけでもなく、人々のあいだを漂いつづけていた男。一匹のネズミよりもひとりぼっちで、誰よりも孤独であることを望みつづけていた男。

マスクを顎まで下げた〈いい男〉が、わたしのことを快く受け入れてくれた白い革張りの肘掛け椅子のほうまで近づいてきた。くどくどと長台詞をはじめたものだから——この口に対して何をそんなに言うことがあるのだろうと思って——結論だけを聞くことにした。

――麻酔を入れて、すごく古くなっていた合成金属の詰め物を取って、抜歯しましたので。数日で治ると思うので、そのあとでインプラントを入れましょう。

なんといい男なのだろう、この歯医者は。金銀細工(オルフェーヴル)の腕までいいだなんて。打ち寄せる波のようだった痛みが、いまでは引き潮になっている。歯たちの暴動は沈静化された。これでようやく夜も眠ることができる。睡眠より大事なものはない。

〈ティエル＝タン〉にて

一九八九年八月十二日

〔中庭からの声〕

ノルマンディーにはどなたが入ります？　メランジュさん、ノルマンディーに行きます？　いち、に、さん、し……あなたは？　ブルターニュのほうがいいですか？　ノルマンディーですか？　コラールさんは、そっちに入ってくださいね。ルコックさんは、そこに座ってください、ブルターニュ側に。これでチーム分けが終わりました。石は二個まで投げられます。コラールさん、先陣を切ってもらえますか……お上手！　十点ですよ。またバター狙いでいきましょう。すごい！　また同じ点数。こんな感じで二回投げてください。ほら、ジヨフランさん、かたちだけでも投げてみませんか？　ええと、一点ですね、大きい点じゃないけれど、点を獲れたじゃないですか。色付きのところに届きましたよ。五、六、七、八、九、ということでブルターニュ・チームの勝ち！　もしやってみたい方がいれば、庭の奥ではミニ・ボウリングやテーブルホッケーも……

姦しい小鳥たちの声で、ようやく目が覚めた。ああそうか、今日は土曜、朝市（マルシェ）が出る日だった。窓のすぐ下で、小鳥たちがお遊戯に精を出す日である。何時だ？　十時か。よく眠れたらしい。夢まで憶えている。自分の家にいる夢。鶏小屋と果樹園がある家の夢。いまは亡き親友、ヘイデン（アンリ・ヘイデン〔一八八三－一九七〇〕は、ポーランド出身のフランスの画家）が描いてくれた丘にいる夢。そういえば月曜に、公証人が来ることになっているんだった。夢に出てきたのは、ユッシー＝シュル＝マルヌの家である。ユッシーは、わたしにとっての異郷だ。飴玉でポケットを膨らませて、よく丘の上を散歩していた場所。モリヤンの果樹園の子供たちにくれてやる飴玉。ひとつ残らずくれてやった。そして、無我夢中で、全速力で地面を歩いた。豚の好きそうな泥道を通ると、かさぶたのような泥がズボンの裾に知らぬ間にこびりついている。塗装工が使う篦（へら）のように汚れたまま歩いていたわたしは、だぶつき気味のアランセーターにもぐりこんで、ユッシーに身を――首まで――埋（うず）めることがさも幸せといった面持ちだった。あの家が夢に出てきたのである。あのまっしろな家。アヴェルヌだかボーヴァルだかの方角、林檎と梨の木々のあいだをゆく小道沿いにあった、引きこもるにはふさわしい一軒の小さな家。その手前には似たような家がほかにもあった――きっと今も変わらずあるだろう。

垢まみれの、汗まみれのパリを後にして、ユッシーに向かったのは、八月のことだった。ヘイデンのところに身を寄せたのだ。あのまっしろな家は、当時はまだなかった。寝泊りしていたのは、シャンジス通りの教会の向いにある〈カフェ・ドゥ・ラ・マルヌ〉という小さな小屋だった。ヘイデンが、そのカフェの絵を描いている。落ち着いた色の内装。ピスタチオのような緑色の壁。空のように青いマットが敷いてある木製のカウンター。マットの上には、フェルト地の灰色のトレイと三つの賽子（さいころ）が置かれている。4 2 1（キャトル・ヴァンテアン）で遊ぶための賽子だ（三つのサイコロを振り、4・2・1が出ると最高点となる遊戯。酒代を賭けてバーカウンターなどで行われる）。わたしは一度もやったことはなかったが――チェスならヘイデンとやったことがある――、いまでもよく憶えている。時折、男たちが賽子をいじくり回しているのを見ていたからだ。村でも屈強な男たち。ジャックと弟のデデのことだ。ふたりともあれが好きだったのだ、と思う。あの賽子は、カウンターのよき友であり、ワインボトルのよき隣人であった。投げて祈るだけ、弾を込めて撃つだけでよかった。

　あれがヘイデンのお気に入りだった。フェルト生地のマットと賽子。気に入っていたからこそ、絵に描いたのである。同じようにヘイデンが描いたのは、三角形の黄色い灰皿（わたしの記憶が正しければ、アニスの花のような黄色だった）、重量感ある青色のグラス、カウンターに並んでいたボトルだった。そこには、自分が咥えていた木製のパイプが描き加えられた——パイプが鼻のあたりに触れていたときの彼の目は、まるで火山口のなかの溶岩のようにぎらぎらと輝いていた。ヘイデンから放たれる光は、目が眩むほどの明るさで、マルヌの月並みな山々の緑が織りなすシンフォニーのなかで煌（きらめ）く生まれたての光のようだった。ヘイデンが昼の光であったとするなら、わたしは夜の闇であった。

　戻るのはいつもユッシーだった。太陽がじりじり、神経がひりひりしていたときに戻るのは、あそこだった。もうカフェではない。一軒家だった。バルビエの家を、なけなしの金で借りたのである。ヘイデンがいつだって近くにいて、ほんの数回ペダルを漕げば、会いにいくことができた。〈マルヌのヘイデン〉は、ジョゼットとともに国を捨ててきた男である。逃亡つづきの人生だった。戦時中、彼が身を寄せていたのは、ペイ・ダプト（フランス南東部）のルションである。すべてのものが赤土色のルション。彼とわたしは、隠れていたもの同士だった。ともに命からがら逃れてきた素性の知れない外国人で、ふたりで丘に腰掛け、土を耕し、ワイン樽を作るときにできたおがくずの上に用を足した。ヘイデンは、戦時中も絵を描いていた。ルションでもそう。家々、丘、赤土と黄土の小道——戦争のせいで、わたしたちが背中にぶら下げたままの無数の死者の赤さを、ヘイデンは絵として残している。その赤色を彼は、巨大な黄土色の採石場まで足を運んで探し求めた。砂がすべて崩れて露わになった赤土、モノクロームの黄土色、ヘイデンはそれを画布に塗り込んだ。シーツで作られた画布だった。彼の手によるものだ。ルションで、わたしの手はというと、葡萄畑での労働に精を出していた。猶予中の作家は、木箱に入れた葡萄を運んでいたのである。あくせく働いたのは肉のため、何枚かの肉切れ（カルネ）のため。文章はほとんど書けず、せいぜい何枚かの紙切れ（カルネ）が関の山だった。休むこと。それが報酬だった。

　わたしは目にも映らぬほどにゆっくりと、文章をしたためていた。朝早くから荷物を引く子牛のようにせっせと働く勤勉な下っ端役人のごとく。辛抱強く自分のささやかな仕事を続けた。文章を書き続けた。ユッシーではいつも、自分の机で困憊していた。かけがえのない場所だ。翼のなかにある最も美しい羽根（プリュム）のように、自分の最も優れた表現（プリュム）を見つけたのも、ユッシーだ。いうなれば、黒鳥の羽根だった。

　どうぞ！　あ、惜しい……もう一回投げてみてください、メランジュさん。お上手！　五点と三点で八点、八点と二点で、十点ですね。お待たせしました。わあ、完璧じゃないですか！　五十点です！

じゃあ、ミニ・ボウリングをやってみましょうか……ジョフランさん、この大きな玉をレーンに転がして——こんな感じで——台の奥にあるピンを全部倒してみてください。お上手！　二本しか残ってないですよ。指の位置は気をつけて、レーンじゃなくて、ボールを押し出すんですよ。

姦しい小鳥たちが、コッチコッチと囀っている。本当にそう聞こえる。キイキイ、ピーピー、カチカチとやっている鳥もいる。こっちの鳥は、コッチコッチ、クワックワッと鳴いている。庭でヤマシギ猟でもしてるのだろうか。言い得て妙とはこのことだ。正直に言うと、わたしには覗きぐせがある。いまも、中庭側の窓に立って、部屋のカーテンの後ろに隠れてじっとしているのだ。透視したいという欲望を抑えきれない。作家らしく異常な、一生が思春期であるような、呪われた覗き魔。かつては、シュザンヌのことを観察していたこともある。ピアノに座り、何人かの生徒の横で、落ち着かない両脚を揺するシュザンヌ。わたしの手稿をポケットに入れて、パリのベルナール・パリッシー通りの歩道を走るシュザンヌ。ストールを首に巻いた副市長が、彼女の姓をベケットにするときに黙って退屈そうにしているシュザンヌ。

シュザンヌは、ユッシーが——ただひとつ庭をのぞけば——あまり好きではなかった。彼女が来ることは少なく、来たのも最初のころだけ。それも天気がよい日だけである。モーまでの列車が到着するのは、一時十分。そこからユッシーにたどり着くまでは、十七キロの道のりを歩かなければならなかった。荷物は軽めのものだけ。辛いと感じたことはなかった。

よく晴れた日には、赤い実をふんだんにつけたナナカマドの木が、ツグミやズグロムシクイ、シジュウカラを呼び寄せている。小鳥たちは、マロニエの木からカエデの木へと飛び移ってゆく。ぽつんといる鳥は見えず、一羽残らず集団として行動を共にしていた。何メートルか下では、忌まわしい盲目のモグラたち——いわゆる地中海モグラ——の一群が、庭土の下を侵犯していた。穴掘りに長けた獣たちの秘密結社は、爪で地下を毎日掘りつづけていたのである。最終的には、モグラがうちの菩提樹のふもとを根城にしてしまった。何十という数のモグラ塚が、下から盛り上げられた腐葉土が、ユッシーの侵略者たちの神殿のようになっていたのが、わが家の庭だった。万策を試してみたのに。鋤き込んでみたり、シャベルで掘ってみたりしたのに無駄だった。「田舎なんだから当たり前だろ」、それが隣に住んでいたジャンの台詞だった。彼はモグラの生態に詳しかったし、自分の畑のまわりにもそれなりの数がいたのである。ジャンはあることを思いつき、わたしを喜ばせようと思ったらしい。強硬策に出たのである。ライフルを片手にした彼は、菩提樹の前に置かれた折りたたみ椅子に座った。そしてじっと待っていた。土が盛り上がるのを待っていた。銃を頰に当てて待ち構えていた。向こうが爪で掻いている様子はなかった。ジャンがモグラ塚にライフルを向けて座っていて、わずかな音も聞き漏らさないように耳をそばだてていたのに、モグラが出てくる気配は一向になかった。ジャンはやがて手に椅子をもち、ライフルを肩から斜めにかけて、庭から収穫ゼロで戻ってきたのだった。ある日、肩のライフルは別のものに変わった。巣穴にナフタリンを詰めこんだのだ。小さな白い玉のかたちをした爆薬を仕掛けたのである。立ち込める匂いは強烈で、モグラはひと齧りもしなかった。報告された犠牲者はゼロ。またしても失敗だったのだ。しかしジャンは白旗を掲げず——無慈悲な戦争がついにはじまった。かれは、協同組合から火薬をもらってきた。モグラのおやつとなる虫のなかに死に至る毒を入れこんだのである。盲目のモグラたちがそこで見たのは戦火のみ——窮屈な世界から見える景色が、一度きりのご馳走で最後のものになってしまったのだ。彼は、それを穴のなかに入れてやった。モグラたちにとってのご馳走。貪食は七つの大罪のひとつ。死に至る罪。それがモグラたちの最期となった。

天気がいいと、ときどきシュザンヌは新鮮な空気を吸って太陽の光を浴びようと庭に出ることがあった。シュザンヌは、両手には籠編みのデッキチェアを抱え、頭には黒っぽい色のリボンのついたカンカン帽をかぶって、慎重な様子でモグラ塚をまたいでいった。いったん腰を下ろした彼女は、服のボタンを外してイヴのような格好でのんびりと昼寝をはじめるのだった。彼女の乳首は眩しい光を放ち、ときには焼け焦げるほどに陽の光を浴びていた。わたしは彼女のことを書斎の窓から、臆病なサテュロスのように、こっそりと覗いていた。と同時に、シュザンヌの日光浴を壁越しに覗き込んでいるモリヤンの出歯亀たち、女の体を知らぬ少年たちのことも監視していた。見えていたのである。なにせ壁から頭部の半分以上は出ていたのだから、欲情のまなざしも、前日にまた菓子をくれてやった口髭のない少年たちの表情も見えていたのだ。彼らは交代交代で次々と、シュザンヌの肉体を目という目で賞翫していた。腹の上に乗ったり、背中の上に乗ったりして、十五分おきに交代しながら。シュザンヌは彼らに喜びを分け与えていた。十五分間隔でいつまでも。

★

ベケットさん?

公証人のフォヴェットですけれど。例の件、ユッシーの家の書類の準備が調いました。ご友人のジャンとニコルにも電話で話しました。ぜんぶ説明しましたよ。甥っ子さんも、みなさん了解してくれていますので、特記事項なし、すべてはつつがなく進んでいます。明日は予定通り全員で顔を合わせましょうか。十四時半に、サン＝ジャック大通り十七番地の、ＰＬＭホテルです。

ニコルとジャンが、パリのサン＝ジャック大通りに。嬉しいことだ。ニコルとジャン、ユッシーはまるごと、彼らとともにある。ふたりの荷物のなか。ワゴンの荷台のなか。深い轍（わだち）が残るやわらかな土のなか。ユッシー平原での散歩が気持ちいい麗しき日々の思い出。平原は、緑が多すぎても平らすぎてもいけない。ほどよい土地でなくては。モリヤンの道路は、旧農場の鳩舎までつづく果樹園が広がる道で、果てまで行くと行き止まりだった。そのどん詰まりには、巨人（ジャイアント）が住んでいた。誇張法である。《ザ・ジャイアント》、そうやってみんなユッシーでは彼のことを呼んでいたし、よそではこんな呼び名だったはずだ——《アンドレ・ザ・ジャイアント》。ニコルはよく《デデ》と言っていた。わたしはそれほど親しいわけではなかった。距離があったと言うべきか。ときどき、通学路で兄弟や姉妹を連れた彼に出くわすことがあったくらいだ。後年は、カフェで見かけることもあった。青空のような色のマットと賽子の入ったトレイの前にいたと思う。見ればわかるという程度。冬の日曜日はいつも、ユッシーが雪に覆われるまで木を切っている父親の横に、猫背のシルエットがひとつ見えた。分岐して結晶化した氷の粒子の層が、村の物音を聞こえなくさせてしまう前のことだ。ジャンの言葉を借りれば、《ブル》がつく月（九月（セプタンブル）から十二月（デッサンブル））と《イエ》がつく月（一月（ジャンヴィエ）・二月（フェヴリエ））のあいだに、ユッシーの村の色が、雪にふんわりと覆われることで見えなくなってしまう前のことである。今、デデはプロレスラーをしているらしい。日本でも、チャンピオンになっている。ユッシーは肥沃な地であり、神話の地であり、巨人の揺りかごなのであった。いつのことだったか、巨人デデがトラクターの座席を破損させたことがある。塩化ビニールの黒っぽい座席が、巨人の体軀によって押し潰されたのだ。一撃でノックアウト。巨獣デデは車に乗れなかった。乗ろうとすれば、デデが座れるように天井を開けた車から頭を出してじっとしているほかはなかった。まるで海中（わだなか）でユッシーの風を受けている帆のようだった。船長デデは、座席で身を縮めていた。体を丸くしたまま、両脚をドアの開いているところから出し、窓の縁までぶらりとおろしている。マストのような太い両脚で空気を切り裂いていたデデ。大型船舶のような男デデ。

　アルフォンジーヌ婆さんも、ユッシーの道を運転していた。アルフォンジーヌというのは、ジャンの祖母――《アルフォンジーヌばあば》のことだ。彼女が運転していたのは、いまでは売っているのも見かけない、錆のついた白っぽい金属製の小さな乳母車だった。ショールをまとった彼女は、天候に左右されることなく、いつも愛車を押して歩いていた。車は覆うものは何もない。オープンカーだ。屋外の風を受けて走っている。ビニールカバーは、どこにいってしまったのだろうか。不可解な謎だった。アルフォンジーヌが覆いを外してしまったのは、買ったものを詰め込むためのカゴ部分を使いやすくするためだったのだろうか。蛾がまとわりつくのを嫌がっていたからなのだろうか。楓の木々が芽吹き出す暖かな季節の到来を待ちわびながら、夜のうちに突風で飛ばされてしまったのだろうか。天井代わりのカバーが悪質な窃盗に遭ったのでなければ、そうかもしれない。哀れなアルフォンジーヌの盗難被害。真っ直ぐには歩けない彼女にとって、愛車なしの生活など考えられなかった。あるいは、手押し車にはもとからカバーがついていなかったのかもしれない。その可能性だってある。いずれにしても、乳母車のカーブした取手にもたれかかっていた《アルフォンジーヌばあば》は、まるで自動で動くステッキ、みずからの体重を、運動エネルギーに変換して動くステッキのようだった。安静状態から運動状態に体を移行させるための力と等しいエネルギーを使うのである。アルフォンジーヌは、自分を動かしてくれる手押し車を動かしていた。大きめの四つのタイヤは、彼女が通りかかるとリズムよく音を立てた。遠くのほうから彼女のやってくる音が聞こえてくる。彼女が足を引きずる音が裏打ち（アフタービート）で近づいてくるあいだも、車輪は軋みつづけていた。スロージャズの響き。買い物に出かけるとき、うちに掃除を手伝いにきてくれたりするアルフォンジーヌが奏でるジャズ。だからこそわたしは、信頼できる女性だと思っていた。

ジャンと妻のニコルが口にしていた《ばあば（メメール）》は、田舎っぽい呼び方だった。わたしは《マダム》と呼んでいたと思う。《マダム・アルフォンジーヌ》。馴れ馴れしくない、慇懃無礼な口調を教えてくれたのは、あの母親である。マナーは面倒なものだ。プロテスタントの真面目さは、周囲の気温を十度は下げる。でもアルフォンジーヌは、喜んでくれていた気がする。《マダム》もしくは《マダム・アルフォンジーヌ》と呼ばれるのを、内心では嬉しく思っていたはずだ。自分の白い髪につけていた花冠のことを、素敵ですねといつも褒めてもらえたのだから。わたしが――《いちアイルランド人として》――礼儀正しくしていることを、好ましく思っていたことだろう。ただしそれは、彼女のためらいをいくらか紛らわせるようなところがあった。彼女は何も言わなかったけれど、厳密にいえばわたしの出自ではなく――それなりの因果関係はあるとはいえ――飲酒の量について何か思うところがあったのを、わたしは承知していた。アルフォンジーヌは、そのためらいを隠そうとしていたようだが、こちらには伝わってきていたのである。たとえば、玄関先に目をやると、《ゴミ出しの口》にはいつも、自分の乳母車を長いあいだ眺めて立っていた。手押し車のなかには、ほかのゴミ袋に混じってアイリッシュ・ウィスキーの空き瓶が積み重なっていた。しばらくするとアルフォンジーヌは学校沿いに歩いて、小道の果てにあるガラス容器の回収箱まで行く。回収箱は、家にもあるような蓋つきのうす汚れたゴミ箱だったが、色から見ても使い具合から見ても、ユッシーの若者たちが夜の酒盛りに使っていたことが一目でわかった。あくまで想像だが、アルフォンジーヌは空瓶を一本ずつ数えて前回との増減を確認しながら、鼻腔までたちのぼる混ぜこぜの匂いに覚える高揚感に身を委ねつつ、黒いゴムのスリットのなかに滑り込ませていたのではなかったか。ドスのきいた声で悪態をつきながら、わたしの目の前では隠していた邪悪な思念を、リサイクル箱に流し込んでいる姿が浮かんだのだ。彼女が、みんなの前では押し黙っていたこと。読唱ミサのような冒瀆の言葉。誰にも言えない悪口。心を浄化するための儀式。

自分がひとりきりだと思ったとき、メイは全世界を罵った。世界を呪う彼女の言葉は、まさに罵詈雑言であった。華麗な侮辱の言葉のオンパレード――それは英語には事欠かないものだが――文字上では、品性の欠如の度合いに応じて、伏字に使う小さな星（アステリスク）の数を考えて決めなければならない。客観的な評価を試してみよう。わたしの目からみれば、全能の神とその息子、そして聖人たちにかかわる言葉の戯（おど）けた使い方は、広く過大評価されている。つまり〈地獄行き（ダム）〉とか〈忌々しい（ブラッディ）〉とか〈おお神よ（オー・マイ・ゴッド）〉といった言葉は、わたしからすれば、いまのような時代に最前列に居座るべきではないということだ。なにせ、信者たちは本気で神など信じておらず、アイルランドとて例外ではなく、教会のベンチに積もった埃と必死に闘っているのだから。これらの罵り言葉は、文章の最初であれ最後であれ、反射的であれ熟慮の末であれ、屁をして逃げるようなスピードでいつどこにいたって放たれているというのに、いまもなお届く相手などいるのだろうか。そう思ってしまうのである。わたし自身、ずっと好んで使ってきたのは、もっとあけすけな悪口であった――という言い方で合っているだろうか。いくらか卑猥な言葉だったと言っておこう。そこからイメージされる性行為の種類や奇抜さはさまざまだ。いまでは間違いなく時代遅れになった行為もあれば、呆れるほど平凡になったものもある。しかし昔のアイルランドでは、それでちょっとした効果が得られたのだ。十分に非難の的となる、あけっぴろげの《F》からはじまる単語で会話を切り出しておけば、ちょっとした効果が得られたのである。わたしは悦びを隠さなかった。路上でもパブでも、機会があれば間髪を入れずに、唇を歯で噛んで《F》音の息を漏らしていた。それで痛い目に遭ったことだってある。しかし、無傷だった体がどうなろうとも、《F》音を発するときのわたしは、何らかの悦びをいつも感じていたと言わねばならない。危険を冒すことが好きだったのだ。純粋なマゾヒズムかもしれない。わたしは堂々と吐き出した。口角泡を飛ばしながら、増大していく邪悪な怒りなど気にせず、わずかなためらいさえも抱かず。

　メイは絶対にその言葉を使わなかった。ひとりきりのとき——知り合いに対し——当惑するほどの粗野さに溢れる言葉を使ったときでさえ、けっしてその言葉は使わなかった。彼女が使わなかった言葉は、家のなかでは《F》や《Fワード》と呼ばれていた。ピューリタンらしい呼び方である。彼女は、右で言及した最初の分類、キリストや使徒たちをはるかに好んでいた。上品な罵り方だが、口に出したり場合によっては考えたりするだけでも地獄の業火に焼かれてしまうと言われていたほど、昔からずっと禁じられてきた。それを彼女は、みんなから遠く離れたところで吐き出して、身を浄化していたのである。救済のための汚物汲み取り、その罪の唯一の目撃者は、がらんどうのキッチンに反響する声と当事者である神だけであると、信じ込んでいたはずだ。孤独が生み出す暴力的な感情のなかで発せられた言葉が――夜、階段の上で、木製の格子に小さな頭を滑り込ませて覗き込んでいた――わたしの耳にまで届いていたことを彼女が知ったら、きっと絶命していただろう。そして彼女が死んで、平穏が戻ってきた。こんな話はもうやめよう。

ある日はまた、アルフォンジーヌは乳母車で――それは、母親だったころに着古した派手な服をリサイクルして作った、手作りの歩行器だった――、まだ羽根に覆われた卵を運んでいた。庭の囲いのなかで鶏が産んだ、自家製の卵である。それは前日の卵で――「当日の卵にはまだ黴菌がいるからね」というのが彼女の口癖だった。アルフォンジーヌの卵はちょうどいい硬さで、変な味がすることもなかった。いつも喜んでいただいていた。半熟にしたり、ポーチドエッグにしたり、スクランブルエッグにしたり、生のまま食べることもあったが――いつもジェムソンを飲んだ翌日だった。

ついに限界がきて、あの乳母車だけでは二足歩行が困難なアルフォンジーヌを支えることができなくなったとき、彼女がわたしのもとによこしたのは、ジャンの妻であるニコルだった。つまり、孫の嫁さんだ。ニコルはアルフォンジーヌよりも三倍ほど若く、三倍ほど母親らしく、平均的な人間と比べても三倍ほど愛想がよかった。心配りのできる女性だった。たとえば彼女は、わたしの生活習慣をよく知っていて、仕事中に家にやってきたりはしなかった。わたしが命じた規則――神経症的なルールの数々――にも、全面的な忠誠を誓う兵士のような雰囲気で、優雅に従ってくれたのだった。それはありがたく、しかしどこかバツが悪い気分だった。彼女は嫌なことでも顔色ひとつ変えずにやってくれていた。わたしのいきすぎたこだわりにも付き合ってくれた。年老いた少年の強迫観念的な儀式にも。こんな哀れな人間にも。綱渡り芸くらい難しいことだ。生まれてこの方、わたしという存在に我慢できる人間は、絶対的少数であると思っている。わたしも我慢できるような方法でわたしに我慢できる人間が、という意味だ。おそろしく忍耐力のない人間なのである。鉄道のストライキも駄目、ふつうの会話も駄目、リハビリのあいだ足を宙に浮かせておくときに感じる痛みも駄目。わたしにとって、我慢できるものなどほとんどない。社会不適合者である。本能的に孤立しているのだ。

家に戻るときには、いつもニコルに知らせるようにしていた。電話一本さえ入れておけば、自宅の準備は万端だった。列車が駅構内に入るよりも前から。駅前で忠実に待ってくれていたキルティングのキャンバストップのグレーの２ＣＶ（シトロエンの小型大衆車）に乗り込むよりも前から。いつも孤独を歓迎してくれていたユッシーの自宅玄関の鍵を回すよりも前から。

ベケットさん？　公証人のフォヴェットです。だいじょうぶですか？　明日行かれますよね？　そちらに迎えに行って、ＰＬＭホテルまでご一緒しましょうか？

白喉鳥（フォヴェット）だなんて、奇妙な鳥の名のついた公証人だ。まあ、つまらなくはない。だがそんなことはどうでもよくて、明日は杖をついて、サン＝ジャック大通りまで出向かねばならないのだ。杖なら道を知っている。杖には言うことをきくまで稽古をつけよう。わたしがあとを追ってついていけるように。杖にはレミ＝デュモンセル通り、ダロー通り、そしてサン＝ジャック大通りへと。そして十七番地に辿りつくまで、三本の細い脚を引きずって歩道を進む。辿りつく先は、《獅子の穴》と呼ばれていた競技場の上に建てられたホテルだ。その穴ではかつて、あらゆる種類の猛獣が殺し合いをしていたといわれている。寄宿学校の生徒たちが立ち去ると、やがて曲芸師、糸喰い、剣呑み、小人症の者たちが住み着いたという。いまでは到底作れないような人間の見世物小屋だ。しかし……窓からでも鏡越しでも……もっと近くで覗いてみると……これ以上は憚られる。

〈ティエル＝タン〉にて

一九八九年八月十三日

日曜の午後五時、思いがけないタイミングで〈すべてを託した編集者〉がやってきたのは、理髪師の青年が床に落ちた逆毛をかき集めている瞬間だった。庭仕事の最中だ。その理髪師は――短く刈り込むために人差し指と中指で挟んで――髪を切るだけでは満足せず、何かをするたびにいちいちコメントを差し挟んで、ますます上機嫌になっているようだった。夏の午後の終わりのことである。

――ねえベケットさん、あなたの年齢でこんな髪質なんて信じられないですよ。初めてです！　上のほうを少し梳いて、あまり膨らまないようにしましょうか。

膨らまなくなるかどうかは、わからないだろうに。今日のトリミング作業では、序盤から苛々の度合いがすでに高めだ。若い理髪師の男は、見るからに自分の手捌きにご満悦のようで、保証のように聞こえる言葉をさりげなく付け加えてもいいと判断したのだろう。

――きっと満足していただけますよ、スタイリングもずっとしやすくなると思います。

季節に喩えるなら冬――それも不愉快な冬だ――、そんな老年期になってもなお、ささやかな平穏を除けば多くを望んでいないはずの男が、その意志に反して、これほどの愚かしいことに直面しなければならないのは、どうしてなのだろうか。というよりも、老人というものは――それまで関わらないように逃げてきた医療関係者や理髪師といった連中に逃れがたく関わることになり――鬱陶しがられるペットみたいな存在になってしまうものなのだろうか。なにからなにまで一言添えられるご老人は、プードル犬と大差ない。ゴミのような言葉と考えの集積所。周囲のよしなしごとの犠牲になって、挙句の果てに、それを目撃されてしまう。何という特典だろうか。
その編集者は、気の置けない友人のなかでも一、二を争う友人であり、これ以上ないほどに自然な様子で、こちらに近づいてきた。彼が部屋に入ってきた瞬間、わたしはといえば、まるで死刑台にいるかのように頭をのけぞらせ、理髪師の両手にすべてを預け、両目で天井を見つめたまま、残りの体にはチューロー教会（ダブリン市内）の偉い牧師が礼拝のときに着ているような真っ黒なスモックをかけられていたというのに、そんな状態を見てもいささかも狼狽せずに平然としていたのである。
口をついて出たのは、信じられないほど時代遅れのフレーズだったが、その瞬間のわたしにはぴったりだったかもしれない。

——どうぞ入りきって。

ひどく滑稽な表現である。オック語由来らしい。《どうぞ入りきって（フィニッセ・ダントレ）》だなんて、あたかも扉の敷居を数センチだけ踏み越えるという行為にいくつもの段階が必要で、その戸口では、毎回誰かが招き入れなければ、一歩を踏み出したところで最終的には、扉を華々しく通り越えることができないかのようだ。とにかく、友人の編集者はつつがなく入りきることができ、手にもっていたウィスキーの瓶をテーブルに置き、わたしがいやいやながら出演させられていた等身大のお芝居の最前列の座席についた。ボサボサの髪と別れる老人の涙を誘うお芝居だ。切除しなければ。去勢しなければ。生えくるものに災いあれ、わたしはそう思っていた。ああ、口に出すのが厄介な言葉だ。《生えくるものに災いあれ（モディ・ソワ・ス・キ・プッス）》。フランス語の子音の摩擦音では、喉の奥を強く締め付け、一度で空気を通さなければならない。英語なら、子音はむしろ閉鎖的で口を完全に閉ざしてから力強く開くから、爆発音のようになるのに。《ピーター・パイパーは一ペックのペッパーのピクルスをピッとつまんだ》（Peter Piper picked a peck of pickled peppers）。

いま頭で考えたことを、声に出して理解してもらうことにした――《生えくるものに災いあれ》。気まずさを言葉の力で軽くするために。ユーモアの力で一掃するために。なにせ相手はわたしを、群集の前で毛を刈られる家畜のような状況に置いたのだから――そういうやり方にわたしも戦時中は加担してきたわけだが。だからこそ、誰もに納得してもらえると思って大きく出たのである。

——生えくるものに災いあれ！　これが見出しの文句だな。

〈すべてを託した編集者〉は、右手を禿げた頭に伸ばして、皮肉っぽい口調で答えた。

——毛が生えすぎだなんて……わたしには縁のない悩みですよ。

どうして考えが及ばなかったのか。何もない広いおでこのことをどうして考えなかったのか——鷲のような鋭い目と朗らかな笑顔と並んで、この編集者の目印だというのに。どうして相手の立場に身を置くことなく、子音の摩擦音を発してしまったのか。彼のほうは、いつもわたしのことを思いやってくれていた。いつもこちらの心の内をしっかり読み取ってくれていた男だ。これぞまさしく象徴的なエピソードがひとつある。これなら、わずかながらも口を——声門をきつく締めようが締めまいが——開いてもいい。なんと！　わたしが口の巧さという恵みを天から貰い損ねたのは、妖精たちが揺りかごにもたれて居眠りしていたためなのである。揺りかごから、しょっちゅう落ちていたらしいのだ。おそらくはそのせいである。わたしはいまも不自由をしている。会話に自由が効かない。仲間とのおしゃべりが苦手。そして沈黙の果てに失言をしてしまうのだ。調子がいい日は、平均して一時間に三、四回の失態を犯す。黙るべきと思ってまた黙る。だが、気分は変わる。忘れてしまう。また穴にはまる。ちょっと酒が入ったときには、話すことさえままならず、思慮深ささえ諦めなければならない。二杯目以降は間違いなく、失態の平均値が上がる。ひどいときには、失態は通常の三倍ほどまでにふくれあがる。こうなるともう悲劇だ。実際にひどく酩酊した場合には、天変地異のごとく、事態は壊滅的なものになる。愚かしさのハリケーンが、わたしの一切感知しないところで、友人たちを襲うことになる。翌日、残るのは後悔だけ。黙っていることを決意しても、次の過ちが待っている。口をついて出る言葉が不幸を招く。だめなのだ、価値あることが何ひとつ言えない人間なのだ。文章ならたぶん大丈夫。本当かね。

幸いなことに、版元の友人――もっとも信用できる頭のいい友人――とは、会話をする必要が一切ない。わたしに話しかけてくることもない。見るからにわたしが何もしていないとわかるとき、何をしているのかと尋ねてくることもない。もう何もできないときも。余力がないときも。いまのわたしには、もしまだ文章が書けていれば、何を書いただろうかと考えることしかできない。この場所に座って、浮かんでは消えてゆく考えを、解読不能な文字で書きつけているだけ。点滴中に浮かんだ言葉は、ほとんどが雲散霧消してしまった。彼は、何も訊かなくてもわかってくれている。わたしがただ待っているだけということを。とうとう言葉が消える瞬間をただ待っているということを。

編集者は、見事なまでに押し黙っている。さすがというべきか。雄弁である。沈黙の名手である彼は、怯える馬のような目をしてずっと黙っていた。全体と細部を同時に探るその有能な目に映っていたのは、よぼよぼのサム、司祭のようなスモック、ズボンがずり下がって――配管工みたいに――尻が半分見えている理髪師の青年だった。彼の沈黙を味わおう。気まずさを感じることなく、彼がみずからに許している沈黙を。何でも見抜いて理解してくれる、何でも気兼ねなく言ってくれる編集者の沈黙を。

理髪師の青年はというと、抑えの利かないドライヤーが轟々と音を立てるなかで、ようやく黙ってくれた。そして、真っ黒なスモックを片付けはじめた。理髪師の芝居がやっと終わる。カット！　青年は退場する。版元の友人がボトルを開封する。わずかな時間。わたしたちは杯を交わす。ふたりだけで。何ひとつ言葉は交わさず。

〈ティエル＝タン〉にて

一九八九年八月十四日

昨夜、隣人の悲鳴を聞いて部屋から出た。普段はほとんど出ない部屋である。その時点まではテーブルに座っていた。テーブルにはいつもよく座っている。昨日もそこで言葉を探していたのである。動揺。この言葉が浮かんできたので、紙に書きつけた。動揺と書きつけたというよりも、タイトルの「なおのうごめき」のすぐ横にまだ書こうとしているとき——書くのにひどく時間がかかって仕方がない——、隣人の、本物の動揺が到来したのだった。喉の奥が燃えているかのごとく叫ぶ隣人の声の抑揚からは、見なくとも動揺の意味を理解することができた。壁の耳を引っ掻くような叫び。内にこもったような叫び。呼吸が止まる直前に肉が締め付けられる老女の苦しみである。死に屈服して最期を迎えるときの、最後の言葉、最後の音——最後の遺産。
彼女は何と言ったのだろうか。まるでこの部屋にいるかのように存在を響かせていた最高齢の隣人は、何を言い残したのだろうか。彼女はいつもここにいた。壁がとても薄いからだ。夜が太陽と交わる時間から、夜が太陽のもとを立ち去る時間まで——一日中かかっているラジオドラマのように慢性的な問題として——素性の知れない他人が横にいるという老後の雑居生活。午前中の不平不満から夕方の咳込みまで、老人の声があちこちに響きわたる雑居生活には、ちょっとしたお祈りがつきものだ。祈りが、彼女には大切だった。隣に住む老女は、それで心の安寧を得ていた。小さな声で祈りの言葉を繰り返しているのが聞こえてきたが、いつも同じ言葉だったことが、わたしにはそれ自体として奇妙だった。夕べの祈り。それはこんな内容だ。

ああ神よ、あなたのことを大切に思っています。
主の偉大さの前では、何事にも従うつもりです。
信じています。なぜなら、あなたは真理そのものだからです。
信頼しています。なぜなら、どこまでも正しいからです。

心から愛しています。なぜなら、最高に優しいからです。
だからあなたの愛のため、隣人を自分のことのように愛します。

好きにすればいい。わたしも神のことは気にかけているが、それは初めて穿くナポレオン風の靴下みたいなもの。初めて吐く侮辱の言葉みたいなもの。初めてかかる淋病のようなもの——年をとっても好色は変わらずだ——、だから実は、最初のうちは少し面白がっていたのである。仲間の口癖を聞くのを面白がっていた、といってもみずから選んだわけではない——壁越しの強制結婚のようなもので、わたしからすれば勝手に彼女が、彼女からすれば勝手にわたしが隣になったにすぎない——が、寄宿学校の思い出が蘇ってくるのだ。男子だけの伝統校である。ポルトラ・ロイヤル・スクールという、数百年前につくられたプロテスタントの学校だ。わたしが馬鹿ばかりしていた少年時代を過ごしたファーマナ県にある。ひそひそ話をしていた寮の寝室の思い出。夜になると小声で話し合っていたコナン・ドイルのことやシャーロック・ホームズのこと。あのときは嫌じゃなかった。壁の両側に誰かがいる集団生活はいまと同じなのに。互いにツーカーだった。ぜんぶ筒抜けだった。実際、わたしは夜ごとに祈りに聞き耳を立てるようになり、もし頼まれていたら、すべて暗記していたかもしれないほど詳しくなっていた。そんなことを頼む人間は誰ひとりいなかったけれども。きっとできたと思う。その祈りは、実をいうと、神など信じないわたしでも——まあ、神など信じなくてもというのは妙だが——神など信じないわたしでも、きちんと言っておかなければならないが、とても美しいと感じるものだった。文体（スタイル）の話だ、女の話じゃない。昔ながらの整った文体。もちろん、それ以上には気にかけることはなかったのだが、しかし「祈り」というジャンルのなかではやはり、かなりいいものだった。「最高に優しい」などとは、なかなか言えたものではない。ところで彼女の声がよく聞こえていたのは、施設最年長の——看護師のナジャによると、〈ティエル＝タン〉の最高齢である彼女は、どうやら九十九歳らしい——彼女のベッドが壁にぴたりと寄せてあったからだ。ベッドの枕側は、揃えようと思えばそのままにもできたが、しかし反対側にしておいた。それまであまりにも声が聞こえすぎていたからである。彼女が自分を奮い立たせるために何かを言い聞かせるときには、その独り言までが聞こえていたのだ。そこでは、彼女自身が俳優であり観客であった。わたしの声が向こうに聞こえていたように、自分の声がこちらに聞こえていることを、ちゃんとわかっていたのだろうか。わたしが、苦しむ姿を覗き見ていることを知っていたのだろうか。壁の向こうには、助平な覗き魔がいることを。それはどうだろう。

しかし昨夜、直近の夜は、テーブルで書きものをしているあいだに、夜の祈りも神という主の偉大さへの服従も聞こえてなかったのだ。その代わり、隣人は最期に残された力の限りを尽くして叫び声をあげたのである。呻くような声だった。消尽。息切れ。彼女は何と言ったのか。どこかの男の名前だとしたら。たぶん夫か父親か兄弟だろう。あるいは、ずいぶん前に別れた真実の愛の相手だったのかもしれない。つましい男に抱いた初々しい恋心。でも彼とはうまくいかなかった。家族のなかで、彼女たちがけっして歓迎されることはなかったように——控えめな、しかし真実の愛とはそういうものだ。彼女は選ばなかった。彼女は彼を選ばなかった。つましい男は去っていった。しかしあの夜、部屋のなかで、逝く直前の最後の息で、彼女は彼の名前を叫んだのだった。まるで彼が来てくれるかのように。まるですでに目の前に彼がいるかのように。失われた愛は、わずかな光が消える寸前、まさにそのときに戻ってきた。からかっているんだろ、哀れなご隠居。結末を書き換えようとしてるんだろ。自分では止められないんだな。彼女が最期に言いたかったことなんて、誰もわからない。結末は誰にもわからないんだ。

わかっているのは、紫色のくちびるが名前を呼んで震えたとき、その名前が誰かを知らないわたしは、まだ自分のテーブルで文字を書いていたということだ。警察が来たら、それが何時だったかは教えられる。市役所の職員でもいい。二十三時ごろでしたと伝えることはできる。それが、まだテーブルに座って書いていた時間であり、最高齢だった彼女が最期の叫びをあげた時間だ。動揺という言葉の餌食になっているときに、わたしは彼女の動揺を聞いたのである。もしかすると職員は、この瞬間のことをもっと詳しく尋ねてくるかもしれない。最期の叫びの瞬間のことについて。最期の瞬間について。こんなふうに質問してくるかもしれない。

——ベケットさん、悲鳴を聞いたとき、何をしていたんです？

——書きものをしていました。

——書きもの？　まだ書いてるんですか？

——今はそれほどでも。

——じゃあなんで書いてたなんて言ったんです？

――……

――隣の人が死んだときに何をしていたんです？

――書きものをしていました。

――書きもの、そう言いましたね。ということは、まだ書いてるんですか？

市職員の愚かしい言葉が次々と――あらたな悪夢のように――最高齢の彼女が、隣の部屋で倒れて死んでいるというのに。まだ冷たくはなってない。沈黙に身を委ねよう。神のように落ち着いて。大人しくしていよう。

――あの、悲鳴を聞いたとき、何をしていたんです？

できるだけ早く――ひどく緩慢だったが――わたしは立ち上がった。テーブルの上に、さっきまで書きものをしていた机に両手をついて立ち上がった。今度はわたしが叫ぶ番だ。廊下に出て、見張りの者たちを起こした。しゃがれ声で警報を鳴らしたのである。本当なら隣人がみずから鳴らそうとした弔鐘を、代わりにわたしが伝えたのだ。彼女は全力を振り絞った。それでも届かなかった。だから代わりにわたしが叫んだのである。首尾一貫しない言葉を力強く。怒っている牛の鳴き声のように。自分の声が夜を切り裂くように、隣人の声と重なりあったようにも感じられた。彼女の涙も、別れて再会した人への愛の叫びも強まったのではないか。隣室の前で足が止まって――一階ではあるが、中庭は見えない――、震える手がドアノブをつかんで回すと、彼女の最期が目に入ってきた。枕元には看護師たちが次々と飛んでやってくる。彼女たちの青色のブラウスが、ベッドのまわりに空を作りあげていた。電動装置付きのベッドが作動していたのは、老女が自分の身を起こすためだったのだろう。やはりなんとかしようとしていたのだ。苦しみで身動きが取れなくなった彼女の目は、死者らしく落ちくぼんでいた。隣人の青い目は、苦痛と恐怖に満ちていた。恐ろしい光景だ。安らかな最期などではない。究極の苦しみ、最期の恐怖、それを和らげてくれる唯一のものは、スタッフの偽りの愛情だけである。彼女たちは、死という経験から遠いところにいて、その場にふさわしい言葉や仕草を学んできた。一時凌ぎの対処療法を。隣人は死んだ。小さな祈りを聞くことはもうない。もう彼女の声を聞くこともない。聞こえるのはもう自分の声だけ。もう何も聞こえない。

★

公証人は十四時半と言っていた。手帳にそう書いてある。黒の折り返しがついたモレスキンの茶色の手帳には、昔の猫の落書きも含め、あらゆることを書いている。本日午後、十四時半の約束も。手帳に書かれていないのは、隣人の死——これは予定にはないことだった。今日の午後は、死神が徘徊するいつもの場所を少しばかり離れることにしている。数時間はかかるだろう。公証人との面会がまさに今日だというのは奇遇である。公証人と面会する日に、死神が部屋のドアをノックしに来るなんて。うちではなく、隣の部屋だったとはいえ、すぐ隣だったのだ。砲弾の風が素通りしたみたいだ。間一髪。顳顬には触れていた。いつもそう、かすめていくだけで当たりはしない。いつもぎりぎり、いつもすぐ横を通っていく。十四時半になれば、隣人のことも彼女の死のこともどうでもよくなるだろう。話題は、わたしがもう行くことはないユッシーの家のことになる。わたしがもういなくなったら——と深刻そうな口ぶりで話すことにしよう。長らく世話になってきたユッシーの家には、いつしかもう行くことができなくなってしまったのだ。灰色の2CVに乗ることももうない。車のキャンバストップは日焼けしていたが、ニコルは月のせいだと言っていた。外に置かれていた車は、日が暮れると月明かりを受けてキャンバスが焼けてしまうものなのだと。キャンバスは、灰色の2CVの屋根となっていた。星空と経年劣化のせいで穴が開いたキャンバスから漏れる空気は、あの家まで——おかえりと腕を広げて待っていてくれる家まで——運んでくれる自由の息吹のようだった。灰色の2CVに乗って、順調に道を進んでゆく。行き先はユッシー。いつだったか、停めようとした車を横すべりさせてしまった自宅のあの庭まで。子供みたいに。白塗りの家の——「ホワイトハウス」の！——扉の鍵をがちゃりと回して。子供みたいに。玄関の靴箱のなかに靴をしまって、引き戸を開けて。そこは、田舎でいうところの居間というやつで、あらゆることが行われる、あらゆることが行われうる一室。わたしは仕事机の前に座る。至福の時間。

　仕事机についても、ほかのものと同じように、どちらかといえばスパルタ市民のように厳格だった。ダークウッドの机。四段の引き出し。タイプライター。左手にはいつも、外交官の肖像画が描かれた小型葉巻（シガリロ）の白い包み——政治的なタバコ中毒である。

右利きの右手には灰皿——そうすればいちいち探す手間が省ける。スチール製のボタンを押して開く蓋付き灰皿は——ユッシーのくじで当たったものだった。それってはずれでしょ、とニコルは言っていたけれど。人差し指でちょっと押せば、たちまち灰も吸い殻も消えてなくなる。一瞬だけ指を動かせばいい。煙草を吸うときは手は使わずに、自動的に閉じることになっている唇ではさんでおくだけ。鼻腔から煙が出てきて、霧のなかにわたしが消え去ると、吸い殻の先っぽがまた灰皿に戻ってくる。人差し指で一押し。一回押す。ほかは要らない。

仕事机から——定点観測の地点から——庭に目をやる。外(そと)のものがわたしに迫ってくる。他の人々が空想した夢、あるいは風景のなかに出現した古代の景色が、窓から見える景色と混ざり合う。そこでふたりの男が、ふたりの相棒が、ぽつんと一本だけ生えた木のふもとで、霞んだ月をじっと見つめている。それが見える。木は傾いてはいるが、まだ倒れきってはいない。もう百歳くらいに感じられるほど生をまっとうした木は、倒れきる前に動かなくなってしまって、踊っているようにも見えた。それが見える。ふたりの男も傾いている、木のふもとで巨大な石のふもとで。支石墓(ドルメン)だ——アイルランドに最初にやってきた馬の蹄の下から発見された謎の巨石。それをじっと見ている。わたしに近づいてくる霧に包まれた田園の月明かりが、だんだんと見えなくなっていく。放浪の地。たいしたものは見えない。かろうじて見えたのは、さっきのふたりの男が立ち上がっては腰を下ろし、かぶっている帽子が揺れたシルエットだけである。ふたりの会話を指でタイプすると、頭のなかの真っ暗なイメージが、真っ黒なインクで打ち出される。会話は最後まで打ち終わった。登場人物たちも同様に。

居間にはあと何があっただろう？　いまも憶えているのは、舟のかたちをしたベッドだ。あそこにはよく座っていた。ヘイデンが来たときは、彼に座ってもらって酒を出し——祖父からもらったチェス盤で延々と勝負をしたものだ。キッチンは廊下の端にあった。夜になると、酒を継ぎ足しにふたりでこっそりと行ったり来たりしたものである。キッチンまでの——というよりも貯蔵庫までの——廊下は、永遠につづいているようだった。キッチンは、シンクとテーブルだけの単純な設計。テーブルには、フクシアの花のようなピンク色の今っぽい生地のテーブルクロスがかかっていた。蠟びきされた布ではなく、撥水加工された綿布の上にカフェオレをこぼしてしまったのは、寝起きでマグがうっかり滑ったためだった。朝が弱いものだから、マグを落とすのは日常茶飯事だった。シュザンヌにはそれがわかっていた。だから、今風の便利な生地のテーブルクロスを購入したのだ。滑りがいい。シミもできない。でもピンク色だった理由は、皆目見当がつかなかった。なぜフクシア色のピンクだったのか。籐の椅子とがたがたのテーブルのせいで、修道院の調理場みたいに地味だったから、部屋を明るくするためだったのかもしれない。ああ、整理用の平たい小物入れ——キッチンには欠かせない置物だ——のことを忘れるところだった。テーブルクロスの上に置かれた小物入れは、ニコルへの伝言を入れておくのに使っていたものだ。

ありがとう。庭で採れた野菜も美味しかったし、家のなかもまるで新品の硬貨みたいにぴかぴかだ！　この三枚の硬貨は子供たちの貯金箱に。
くれぐれも彼らによろしく。

サム・ベケット

《ベケット》と書かずにはいられなかった。愚かしいことだが、そう書かずにいられなかったのは、ひとつの単純な理由による。ニコルはいつもわたしを《ベケットさま（ムッシュー・ベケット）》と呼んでいたのだ。いい呼ばれ心地ではなかった。社長みたいだ。上下関係があるわけでもないのに。それにわたしのほうは、彼女が若かったこともあって、ニコルと呼んでいたのである。いい呼び心地ではなかった。彼女が《さま付け（ムッシュー）》で呼び、わたしが《呼び捨て》するなんて、昔の学校じゃあるまいし。でも、サムと呼んでくれとは言えなかった。知り合いのフランス人に対し、格式ばって誰にも彼にも《さん》をつけるのは、なんだか気取っているように見えると言う人もいるかもしれないが、問題はそこじゃない。わたしはフランス人の礼儀にいつも苦笑していたのである。彼らには彼らの大事な形式がある。フランス人においては、たとえば、《さん（マダム）》を付けるような女性――隣に住む女性であれ、親友の女性であれ――と枕を共にすることと、厳粛な感覚を保つことは必ずしも矛盾しない。全く逆で、《マダム》は何も邪魔しないのである。《マダム》は、儀礼に縛られることのない楽園へと通じている。《マダム、そのコサージュの花を直させていただけますか》。フランス流の礼儀正しさはもちろんある。だがそれは最低限のものだ。この観点からすれば、正直にいってわたしは、自分がとても愛国的な人間であると感じる。フランス人の養子だと言ってもいい。《心からの敬意を表します、マダム》。馬鹿なことばかり言って。

――ムッシュー・ベケット、昼食のプレートに手をつけてないじゃないですか！

ほら今日はね、見てくださいよ。

三種の魚のテリーヌ

ローストビーフ、じゃがいもと人参のピュレ

チーズ

さくらんぼのタルト

もう少し待ってますから。最後にまた戻ってきますね。

腹がすかない。食欲がない。それに彼女がいたところで、何かの助けになるとは思えない。親切だが魅力はほとんどない。むくむくと太った女性。彼女がトレイを下げるときには、豊満な胸をソースとピュレで汚すのではないか。そこから先は語るまい。不機嫌なご老人。未知の夜に、恐ろしい夜の闇に、まだ震えているのか。遅れるんじゃないぞ。サン＝ジャック大通りのＰＬＭホテルまで、鼈甲(べっこう)色のファサードと超高速エレベーターを備えた、世界でも最先端のホテルまで、足を引きずって――杖をついてのマラソンで――、行かなければならないんだから。ニコルとジャンは戻ってこない。ユッシーにも戻れない。数時間後には、すべてのことが終わる——家のことも庭のことも。一件落着だ。自分じゃ楽しめないものは、彼らにあげてしまおう。自分ではもう楽しめない。それにもう十分に楽しんだだろう。

〈ティエル＝タン〉にて

一九八九年八月二十日

〔ラジオ〕

こんばんは。この番組「劇場の資料室（アーカイブ）」が今夜お送りするのは、アイルランド人のなかで最もフランスに縁のある、言葉と不条理の主（あるじ）、サミュエル・ベケットの歩んできた道のりです。この劇作家は今年、ノーベル賞受賞から二十年を迎えましたが、授賞式への参加を拒否したことについては――内気だったからという人もいれば、挑発だという人たちもいました。いずれにしても本日は、劇場の資料室の奥に眠っていたお宝を目の当たりにする機会となるでしょう。数秒後には、『ゴドーを待ちながら』がイタリアで初演されたときの、俳優ヴイットーリオ・カプリオリのインタビューがはじまります。そのあとで一九七八年四月二日、コメディ＝フランセーズのために大演出家ロジェ・ブランが演出した――一九五三年初演版の――フランス語上演を完全放送でお届けします。

三（トロワ）、二（ドゥ）、一（アン）、〇（ゼロ）……パリのみなさん、ローマからの放送です。演劇は、芸術家の気質やマスコミの要求、人騒がせな俳優などによって、そのときどきで作られては壊され、また作り直されてきました。本日は、演出家のルチアーノ・モンドルフォと俳優のヴィットーリオ・カプリオリに、ヴィットーリア通り六番地、ローマ様式の格調ある劇場の舞台にお越しいただいています。この劇場でふたりの才能がマルチェロ・モレッティと出会って、パリで大成功を収めたことは記憶にもあたらしいですね。ピッコロ劇場のゴルドーニ作品――『アルレッキーノ――二人の主人を一度にもつと』――のアルレッキーノ以来のことです。出演者にクラウディオ・エルメッリ、アントニオ・ピアフェデリッチ、カプリオリ、モレッティを迎えた、サミュエル・ベケットの『ゴドーを待ちながら』のイタリア語上演は、数週間前から大成功を収めています。美術家のジュリオ・コルテラッチの舞台装置は、シンプルでありながら悲劇を思わせる簡素さで人々を魅了しています。知的好奇心に溢れるローマ人なら誰もが劇場に足を運ぶでしょう。素晴らしいご活躍ですね、カプリオリさん、この特番のためにマイクの前にお越しくださり、ありがとうございます。

喜んでくれているのなら、それは彼らにとって楽しい作品だということ！　ありがたい。ありがたかった。シュザンヌのおかげだ——永遠の感謝を捧げねば。後ろに控えていたわたしをよそに、彼女は戯曲の販売人として、原稿を抱えた女商人としていつも先手を打ってくれた。雨が降るなか、重たい原稿の束を手にもって待ってくれていたこと。大きな屋敷の音が響く階段を登って、すべてのドアを叩いてまわってくれたこと。シュザンヌは——アパルトマンの守衛所や劇場でいつも、主人らしくない主人の陰に隠れて偵察をしてくれていた。言葉の主(あるじ)とやらは、自分の言葉をポケットにしまいこんだまま。飲みこんだままだった。口数の少ない臆病なご主人。口が滑ってしまうのではないかと恐れてばかり。口は禍いのもとだと恐れてばかり。あるいは、どうしようもなくなって、口を噤んでなんとかやり過ごそうとしていた口だった。穴に隠れている腑抜けもののご主人。ありがたかった、シュザンヌのおかげだ。一から十まで世話になった。一冊一冊にかけてくれた手間ひま。シュザンヌが演劇という迷宮に導いてくれたから、わたしはがりがりと書きつづけることができた。うまくいくことを待ちながら書きつづけた。できあがることを待ちながら。決然と困難に立ち向かうシュザンヌは、角をもつ勇敢な牛のようだった。頭上に生えているものなどお構いなしだ。彼女がしっかりともっていた勇敢さは、わたしにはないものだった。シュザンヌに会いたい。彼女の勇ましさが恋しい。

　シュザンヌは、全員のことを見てきた。編集者たちを、演出家たちを——わたしが自分で掘った穴から引き出してくれた人たちを。穴も悪いものじゃない。少なくとも、ほとんど何もせずに慣れることができた。わたしにとってそれが穴じゃないとしたら、ひび割れや裂け目みたいなものだと言えようか。いや、自分の穴というよりは、抜いてもらったときに自分がここに隠れていたのか、と思うような穴だった。がりがりと書ける隠れ家。そこでは、酒を飲みながら好きなだけ書けた。その他のことは何も心配いらない。わたしの上にあるこの世のことなんて考えなくてよかった。穴で腰まで土に埋もれたまま、自由に動く両手で原稿を黒く染めていく。血眼になって、堰を切ったように。ペンに羽はついてなかったが、モリバト——渡り鳥——のようにがむしゃらに。傷を負って旅の中断を余儀なくされても、無傷の翼をぴんと張って羽ばたくことにしたモリバトは、体力を使い果たすまで、飛んでいることに気持ちよく酔って、最初の枝にそっと戻るまで飛びつづける。もっとも、モリバトの渡りを邪魔する弾丸が飛んできたら話は別だ。悲劇的な結末となる。でも、わたしはちがった。

　実をいえば、穴のなか——自分の手でがりがりと掻いて掘り、文章をがりがりと書いていた穴——では、たぶんしあわせではなかったが、落ち着いていたのだと思う。そう、落ち着いていた。書くと、心が落ち着く。少なくともその場ではそうだった。それまで書いていた時間の膨大な蓄積が、腫瘍のようなものを生んでわたしを苦しめ、書くことが重荷になっていただけに、いっそう心は落ち着きを取り戻した。病人の悦び。小さな悦び。そのあとに続くのは、膿の奔出だった。急流のようにほとばしった。人生の半分ほどの時間が一挙に流れてきて、全部を言葉にするには時間が到底足りない。すべてを言葉にはできない。書くことができない。逃げるしかない。ブーツを履く。いざ出ようとするやいなや、あの時間の波が目の前に戻ってきて穴を満杯にしてしまう。またも振り出しだ。難産である。分娩のような痛みの伴う執筆。それに注意深い耳が――書いているときにはいつも後ろに――そばにいるといつも思っていた。穴のなかのわたし。その傍らには、数えきれないほどの、無数の登場人物たちが囲んでいる。彼らにはひとりひとり名前が必要だったが、思いついたのは、モロイ、エストラゴン、ヴラジミール、マロウン、こんな感じだった。彼らはみんなこうしてやってきた。そのうえ、穴はいつもぱんぱんだった。前日にとれた新鮮な卵のように。

〔ラジオ〕

番組をお聴きのみなさん、この戯曲の発表当時、ある評論家が新聞紙上でかのゴドーが待つことの意味を自問しました。待つことは、実はこの劇の主題なのであり、作者はその背後に、人は誰しも追い求める理想が達成できなくてもその理想が生きる力を与えてくれるという神話を盛り込んでいるのだと思います。サミュエル・ベケットが描くのは、そういう哀れな不幸者の、言いかえればわたしたちの生き方であり、その残酷さは、人間が人間を搾取するときの象徴である首輪をつけた奴隷に対する、主人ポッツォの残酷さにも引けをとりません。

べつの評論家は、この戯曲とロジェ・ブランの演出に対して難解すぎると非難しました。たしかに『ゴドーを待ちながら』は厄介な作品ですし、ときに我慢の限界に達することもありますが、まさにその境界線上に自分らしい木を植えることで、アントナン・アルトーを狂喜させると思えるような方法で、この劇作家は空間、時間、そして意識の制約から自由になるのです。

「ひょろひょろの評論……」。不幸な者はみんな、さんざんな苦労を重ねてきた。友人編集者は？　ブランたちは？　彼らは、たいしたことが起こらない芝居のために、いろいろな苦労を買って出てくれたのである。ほとんど何も起こらないと言っていい芝居だというのに。しかし、三列目の青い服のマダムの脳内だけは違った。彼女は、不穏な舞台装置（田舎の道、一本の木、大きな石）の退屈さに直面して、考えをめぐらせはじめた。というか空想を――正確な言葉でいえば、白昼夢を――見はじめたのだった。いったい何を思い描いていたのだろうか。わたしはよく、戯曲の――まだ演じられていない、まだ『ゴドー』になっていない『ゴドー』の――上演を想像するときに、彼女のことを考えた。三列目に座って、退屈で死にそうになりながら、空想をはじめる青い服のマダムのことを。抗退屈薬である。待ちながら、つまり芝居が終わるのを待ちながら、彼女は何を考えていたのだろう。当日、午後二時ごろに、自宅にやってきたセールスマンのことだったかもしれない。そのときの彼女は、家族はみんな外出していたから、家のなかのがらんとした感じが淋しくてたまらなかった。そこに、セールスマンが現れた。二枚目の、巧みな話芸で物を売って歩く男が、コーヒータイムに呼び鈴を鳴らしたのだった。「こんにちは、マダム、数週間イタリア語を学んでみませんか」と彼は言った。そして居間に通された。普段から猜疑心の強かった彼女が、一杯のコーヒーを飲む時間に彼のことを座らせたりしたのは、ひとりで飲むつもりはなかったからだ。今日という日は。

——難しくないんです、マダム。楽しく学べるメソッドでしてね。ただそれに従っていればいいんです。五十回のレッスンには、音声と楽しいイラストが付属でついていまして。やってみればわかりますが、これがすごく面白いんです。それにすごく簡単ですし。数週間も経てば、本でダンテを読めちゃいますよ、マダム。嘘じゃありません、ダンテですよ！

そのあとに何が起きたのか。彼女は誘惑に屈したのかどうか、といっても誘惑はひとつじゃない。物語はそのことには触れない。物語が――穴のなかで想像をめぐらせているときに幾度となく頭に浮かんだ話が――描くのは、例の青い服を着たマダムが、三列目の左側の座席で、つまり舞台の下手(しもて)側に座って、目の前の舞台で行われているパフォーマンスのことよりも、セールスマンのこと、彼のきれいな口髭のことで頭がいっぱいだったということである。少なくとも距離という点でみれば、すぐ近くにいたはずなのに、それでも舞台が彼女の注意を惹くことはなかった。近さとは裏腹に、エストラゴンが眠りこけていた溝もまた、ご婦人を遠ざけるという効果をもたらしたようだった。思わぬ余波だ。しかもそれは芝居の開幕からという始末。溝があまりに大きかったためか、不幸な女の――当日の午後に、セールスマンと一緒にかけがえのない時間を過ごしたという仮説をふまえれば、幸福な女だともいえる――精神はそこを飛び越して、逍遥しはじめていた。彷徨(さまよ)う精神は、あまりに激しく彷徨い、あまりに遠くまで彷徨い、二度と元の溝に戻ってくることはなかった。一度たりとも。少なくとも、芝居が終わるまでは、到着が遅れているゴドーが終わるまではそう。戻らなかった。舞台上で、何本かの枝を惜しみなく広げている、あの丸裸の木のいちばん上の枝にさえ、戻らなかった。ああ！　精神の合流なんて……学問的には、ほとんど間違っている。そんなことはわかっているが、わたしの精神は、残りの部分と、つまり他の部分である身体と、ただの一度も一緒になったことがなかったのである。その逆もまたしかり。身体が、精神にとってのたぐい稀なパートナーだったことは一度としてなかった。少なくともこれだけは確かなことだ。この身体は、不幸な星のもとにある相棒なのである。哀れな片割れだ。身体はいつだって、残りの部分――ここでは精神という意味だが――の命じるものに逆らって行動しようとする。追い込まれたら何をしでかすかわからない――所有者が愛らしい女だったら、これ以上ない豊満な胸を選択するような――本能的な肉体。さらには、誰でもいいから女の役に立ちたいと思っている肉体なのである。唯一の条件は、わたしが耐えられるもの以上のことを求めないということだった。耐えられるのは、引っ掻かれることと、嚙み付かれること――それなら大目にみられる――、でも叩かれるのは勘弁だ。我慢ならない。蛙の面に小便というわけにはいかない。駄目なのだ、叩かれるのは。これまでに我慢できた例がないのである。学校の教師たちもメイも。彼らは叩くことをやめなかった。メイが叩いてくるのは決まって、彼女が――見失うことが多かった――精神を取り戻したときだった。精神は絶望の淵で彷徨っていた。神経の病(やまい)だったのである。

　自分の精神にかんしていうと、残念なことに、わたしという存在の残りと比べれば忠実でないと言わざるをえない。忠実というのは、意のままになるということだ。ふらついてばかりの精神、じっとしていられない精神――いろいろな道を、それも田舎の荒れた道をいつも歩き回っているのだ。集中できないのだ、目の前で言われていることや、目の前でやっていることに。電車は予定よりも必ず一本遅れる性分。だから、三列目に座る青い服のご婦人のことは、姉のように、柵を飛び越える雄牛のように理解していたし、けっして責めようとは思わず、彼女の精神が、直前に心をあれほどざわつかせた訪問販売員の男のもとへ行くのを止めなかった。彼のことはあんなふうに招き入れた以上――フランスでも通じる甘美な英語でいえば、「カム(ねえ)、スィートハート(おいでなさいよ)」というやつだ――、彼女が我に返るには小さなバビロン座（『ゴドー』初演のパリの劇場）の雷鳴のような拍手を待たなければならなかったのだ。戯曲のなかの身体と魂。少なくとも劇場のなかにはそれがある。雷鳴のようなと言ったものの、わたしの戯曲――いまの場合は『ゴドー』――が上演される劇場の客席が膨れた腹のようにいっぱいであったことをさりげなく伝えることで、雄鶏のように高飛車にふるまおうとするつもりはそれほどなく、当時の光景をできるかぎり忠実に再現したいと思ったまでのことだ。先天性の完璧主義である。バビロン座の客席は、ほかと比べても音の響きがよく、わたしの敏感さが歓声の音を増幅させる。そう、小さいころから音には敏感であり――これがもうひとつの先天的な欠陥なのである。わたしのような感じやすい耳に悩まされている人たちにとっては、大きな音は耐えがたいものなのに、あの夜は劇場スタッフが急遽、折り畳み椅子を追加することになったほど、予測よりも多くのお客が詰めかけていたのである。だから「雷鳴のような」拍手とさっき言ったことで、それはわたしが雄鶏のように尊大に大雨のような音を喜んでいるという印象を与えたとして、それは本意ではない。おんどり。この「雄鶏（コック）」という言葉は、それとして、見事な表現だと言わねばならない。というのもこの鳥は、英語だと文脈によって、芝居の数時間前に、セールスマンが青い服のご婦人を気持ちよくさせるために使った部位を指すこともあるからだ。どうしてあそこ（コック）の話になっているんだ？　よぼよぼの去勢鶏め！

あのとき、観客の前に出ていきたい気持ちだった。お客たち、彼らの幸せそうな顔もまた思い浮かべた。芝居が終わってくれてよかったという顔。万事が終わったときには、いつだって嬉しくなるものだ。疑う余地のない解放感がある。劇場でもそうだ。

どんなに優れた作品であってもそう。わたしとしても、芝居がはねて、お客たちにつかの間の幸福を与えることができて幸せだった。これで芝居が完成したのだ、と思った。ただし、いま「お客たち」と言ったのは、あのゴドーという悪魔の秘密を解き明かそうと、眉間に皺を寄せてじっと辛抱強く待ち続けていた、一握りの人々のことである。彼らが待ち続けていた幻影は、ついに到来しなかった。わたしのところにも来なかった。どうしようもない。気づかれずに戦線から離脱していたのだから。

あのゴドーという悪魔。もしゴドーが存在するとすれば、それは劇場のなかだろう。主（しゅ）であるブランの導きによって世界は騒然となった。わたしよりもまじめで信心深い、ブランのことだ。難しいどころじゃない。たくさんの苦労があった。みんなが、たくさんの苦労をしてくれた。シュザンヌも、ブランも、出版社も。奴隷制を支持しているのではないかと思うほど、人使いが荒いサムのために。その心の底にはポッツォがいるのだ。何も繰り出さずにただ待っている男。ほかのみんながページを繰るのを待っている男。みんなに配ってくれたのはシュザンヌだ。何百という紙束を――瓶に入れて海に流して――送り届けてくれた。そのほとんどが座礁して消えた。残ったのはごくわずか。それが幸いにもあの〈編集者〉の膝の上へと届けられたのだった。

地下鉄のモト＝ピケ―グルネル駅にある出版社、膝の上に置かれている『モロイ』の手書き原稿。モロイが話をする。それを彼が面白がる。すごく面白がってくれた〈編集者〉は、声をあげて笑った。次々にネジが抜けていくようだ――そういうときうちでは暴れホースみたいだと言っていたが、イギリス人から借りてきた表現でいえば、「フォー・ゴッズ・セイク」である。背中を丸めてげらげらと――嘲弄するように、顔の筋肉を無意識に収縮させて笑った。おなかがはちきれるほど笑った。あとで教えてくれたのだが、彼はあまりに笑いすぎて、原稿を滑り落としてしまったそうだ。落ちないようにと注意しながら、彼は原稿を元通りにした。落ちてバラバラにならないように注意しながら、というのも拾い集めたばかりで、原稿はまだ仮綴じされていない、読みにくい状態だったからだ。〈編集者〉は乗り換えのために、地下鉄十号線でセーヴル＝バビロン駅まで向かった。オデオン駅でもないかぎり、問題は何もない、彼は早足なのだ。人混みにまぎれ、薄汚れた通路を横切っていく。メトロの利用者たち、彼と同じように地下鉄を乗り換えようとする者たちは、そのにやにやした表情を怪訝そうに見ていた。モロイという道化が引き起こした笑いの余波。〈編集者〉はいま、駅の狂騒のなかにいる。わたしの書いた狂言のなかにいる。彼が苦心をしてくれたおかげで、わたしは幸運な人間になれた。首を吊った人間がすんでのところで助かったような、思いもよらない幸運だった。

——ベケットさん？　すみませんが、そろそろ理学療法士さんが来ますので。

そもそもわたしの道化たちは、そのことばかりを夢見ていた。ヴラジミールとエストラゴンのことだと言ってもよいが、まじめに首を吊ることしか考えていなかったのである。うっすらとほほえみながら、空に向かってペニスを立てて、落葉のただなかで踊ること。生涯に一度きりの美しいワルツ。最後に残ったのは必然的に材料の問題で、ロープの長さや品質など、実際的な細かい問題があって、結論を出すのがなかなか難しい。ビニールがいいのか、麻がいいのか、ジュート（繊維のとれる熱帯原産の植物）がいいのか。手元に何かひとつあればよかったものだが。いや、それに代わるもの、ピアノ線でも電気ケーブルでも、考えてみたら紐状のものなら何であってもうまくやれたのかもしれない。木々の中で、乾き切った落葉の中に飛び込むための最後の勢いを与えられたかもしれない。

——療法士さんは両脚の動きを見て、歩行が困難にならないかを確認したいそうです。

でも、首を吊ること——その昔、裁判官が賞賛して国家の手下が心置きなく実行していた絞首刑ではなく、あくまで個人として行う首吊り——は、実際にそう簡単なことではない。間違いなく、高所での作業能力も必要だ。誰かが手伝ってくれるのなら話は別として……

——ご要望にしたがって、最近お変わりになったことを彼女に伝えておきました。たぶんトレーニング法の提案がいくつかあると思います。

こんな状況では、大半の場合と同じで、手伝いなんか誰も来てくれやしない。絶対に誰も手伝いになんか来ない。外の世界なんて無価値に等しい。といっても、無価値なのはわたしも同じだが。

――ここに白くて長いバーがありますよね？　これを支えにして――右手で一本、左手で一本、こんなふうにして――端までゆっくりと歩いてみてください。ポイントは、両腕をうまく使って脚にかかる体重を軽くすることです。大事なことですけど、急がなくていいですからね。時間を測ったりはしません。レースじゃありませんので。いいですか？　さあ、こちらへどうぞ。両手を……いいですね。準備はいいですか？どうぞはじめてください、ここから見ています。

――……

――ゆっくり。ゆっくりですよ、ベケットさん！　どうしてそんなに速いんですか？　危なすぎますよ！　怪我しますよ。何が面白いんです？　ああ、ちょっと！　床に絨緞が敷かれていますけどね、目の前で倒れられたりするのは嫌ですよ。さあ、もういちど。そっとですよ？

——……

——ちょっと本当に駄目ですよ！　ベケットさん、ストップ、ストップ。待って！　待って！　この運動の目的は、もっと上手く歩けるようにすることであって、あなたに怪我させることじゃないんです。もう一回やってもいいですけど、本当にゆっくりやってもらわないと困りますからね？　できないんでしたら、すぐにお部屋に戻りましょう。面白いのはわかりますけど、転んじゃいますよ。これが最後です、もちろん落ち着いてできますよね。

もうすこしで叱られるところだった！　速く進んでしまう、老人だから仕方ないことだと思うが、それが楽しいのなら、速く進む、それだけだ。いつだってわたしは速く進みすぎる。生まれつきの悪い癖である。いつだってスピード狂。興奮状態の雄羊。大胆不敵な動物。おまけに、牛のように頑固で何もしようとしない。そういう人間なのだ。直すことができないもの。いつだってスピード狂。そこには、わたしの転落、破滅の進行するスピードも含まれている。速く進む、速く話す。もう息ができなくなるくらいに。それがたまらないのだ。演劇でも、戯曲『わたしじゃない』でも——物語が全速力で加速していく。巨大な口が汚い言葉を吐き捨て、まくしたてる。横幅のある口に、びっしりと歯が見える。劇場の暗闇のなかに浮かぶ、狂おしく美しい口。血のように真っ赤なふたつの唇が取り乱している。べらべらと喋る。強く非難する。思い直す。興奮する女の開いた口。いや、動転と言うべきか。あらゆることを放つ口の煽りを前にして興奮するのは、他人のほうだ。口は何も憶えていない。自分が叫んだことさえも。人々を戦慄させる女の口。わたしも悪寒を感じる。よく悪寒を感じていたのは目の前に、女の口があるときだった。叫ぶ女たち。戦慄を忍ばせながらも、その内奥の野蛮さのことは美しさが忘れさせてしまう獣のような女たち。思わず近づかずにはいられないほど美しく眠っている獣。警戒心もなく。すやすやと眠っている。獲物を貪り食ったあと、だらしない感じになっている蠱惑的な獣。その目覚めは突然のことだ——きっと音に反応したのだろう、いやまた空腹を感じたのだろうか——狼のような牙がちらりと見える。わたしが子供のころに見た悪夢だ。美しい口のなかの歯に挟まれてたくさんの夜を過ごしてきた。剃刀のように鋭く尖った歯は、闇に紛れて見えなくなった腹部の獰猛な食欲の目印だった。愛撫をする熱い舌の先にある歯。包み込むような、抵抗を許さない舌が不用意に接触する、鋭利な歯の切っ先は——ギロチンのようだ。そんな悪夢の口のなかにわたしは——全体か一部かはさておき——いたのである。抑えのきかない口のなかにいつもいた、いくばくかのわたし。その甘美な口のなかに、わたしは当初、何の疑いももたずに飛び込んでいった。大胆不敵な動物。若かりしころのサムは、血気盛んだったのだ。しっとりと濡れた唇の温もりと、周囲の壁を震わせるほどの魅惑的な声に捕えられ、わたしは勝手に前に進んでいった。湿り気のある口は、まるで凪いでいる海のように舌で——ざらついていたが、まさにちょうどいい加減で——舐めまわし、わたしは捨て身になってしまった。いつも捨て身なのである。挙句の果てには、すべてがぐらつきはじめる。濃い霧のようなものが、頭のなかに充満しはじめる。徐々に思考の流れが変わっていく。前触れのような波がゆっくりと高まってゆき、嵐のなかへとわたしを連れ去ってしまう。何よりも抵抗しがたい緊迫感のなかで捨て身となる。すべてが向かっていく先は、わたしを吸い込もうとするあの口だ。わたしという存在がもろとも消え去るように、あまりに抵抗しがたい方法で吸い込もうとする口。美しい口に吸い込まれる。温かい舌で包みこんで、背中までしっかり抱きしめてくれる。出ようとしてみたが、まさに囚人ヨナだ（嵐で海に転落し魚の体内で三日を過ごして生還したイスラエルの預言者）、数分ほど前には、興奮させてくれていたというのに。目覚めたときは体が震えていて、おそるおそる自分の体に触れ、すべてがあるかを確かめた。何も欠けていないかどうかを確認したのだ。何も欠けてはいなかった。わたしのなかに侵入してきた陶酔感は、夢と悪夢を分かつ眩暈のするような深淵、この狭い境界線の上で、自分のことがよくわからなくなるという問題を引き起こしたのだろうか。あの口があまりに強烈な仕方でわたしに呼び起こした捨て身の感覚、わたしを突然自分自身から遠く引き離したその感覚が顕わにしたものは、快楽というものが、一度過ぎてしまえば恐ろしい復讐をもたらしうることに対する怖れだったのだろうか。わからない。しかし、わかっていることは、毎回、眠りが悦びをもたらしてくれるということ、睡眠が深淵へ迎え入れてくれるということだ。そこには抑えのきかない口の戦慄的な快楽が宿っていて、わたしはそこへ、後ろから吹いてくる恐怖の風に背中を押されながら駆け寄っていったのだ。よぼよぼのマゾヒストめ。

――ベケットさん、大丈夫ですか？　怖がらせないでください。絨緞があってよかったですけど。速すぎるって言ったじゃないですか。ちょっと起こしますよ。

彼女の口は美しい。真珠のように整った歯をしていて――わずかに歯の隙間があいている。怒ると早口になる。かなり速くなる。唇がますます大きく開く。頬に向かって口角が上がる。

――初回にしてはやりすぎました。ごめんなさい、わたしのミスです。次回はべつの運動を考えましょう。足の具合をよくするのに、もっといい方法があるはずですし。バーを使ったのがよくなかったですね。もっと時間をかけるべきでした。すみません。

わたしじゃない。予測できない感覚の数々。危険の悦びとのしばしの再会。なにせ昔からの友人だ。亀裂の上の散歩。転落を待ちながらわたしはいま、最後の眩暈を感じている。

〈ティエル＝タン〉にて

一九八九年八月二十五日

今朝、部屋のドアの下に四流紙が挟まっているのを見つけた。〈ティエル＝タン〉の会報である。たとえ、たいしたことが書いてなくても、みんな全部読むのだろう。正式名称は「ながいき新聞」。夢なら頬をつねってくれ。こんな素晴らしいアイデアを出すのは、どこぞの熱心な看護師に決まっているが、わたしは彼女の名前を思い出せない。タイトルのことは語るまい。すでにそれ自身がたっぷり語ってくれているのだから、わざわざ論評を加える必要もない。言っておかなければならないのは、その中身が――言ってみれば――白髪あたまの、未来のない老人たちの痛々しい長旅についていて言及することを目的としているということだ。「未来がない」と言ったときに思い浮かべていたのは、ついこないだ見た人たちのこと、近況を聞かなくなり、ある日、散歩の途中でたまたま、墓に刻まれた洗礼名を見つけることになる人たちのことである……

進むのが速すぎる。いつも進むのが速すぎる。わたしが言いたかったのは、あの高齢者のための会報誌のこと。死という未来しかない、亀裂の上の老人たち――ほとんどゴール寸前、あとちょっとだけ頑張れば、老人レース――高齢者のための競争――には終わりが見えている。あの会報誌のことから、わたしが言いたかったのは、今回思い出したのが、メリオン・スクエア・パーク（ダブリン市内中心の公園）の忌々しいカモメたちに石を投げつけようとしたときのこと――業の深いカモメたちのうちの一羽が、恥も外聞もなく、わたしのチェダーサンドを奪い去っていったのである――、そのときに後ろから奇妙な会話（ダイアローグ）が聞こえてきたということだ。それは、雨で色を深めた木製のベンチの上、紫色のパンジーと水仙の花が咲く花壇の手前だった。三月の初旬くらいだったろうか。それでも空気は澄んでいて、あたりの自然は早春かと見違えるほどだった。昼食を奪い去ってご馳走にしているカモメに石を投げていると、ある老人が待ち合わせをしていた友人に向かって声をかけるのが聞こえてきたのだ。

——Hiya, I'm glad you're here. Haven't seen you for a while. Jesus, I was looking if I could find you at the back of the newspaper!

——Ah! No, not yet. But soon.

——おお、生きててくれたのか。しばらくどこ行ってたんだよ。まったく、この新聞の裏におまえがいないか探してたんだぞ！

——ははっ！　いや、まだだよ。でももうじきさ。

思い出すといつも笑ってしまう。もしわたしが翻訳するのなら——休み休みだが、最近でもできる唯一のエクササイズだ——、こんな感じになる。まずは話の流れからだ。

ビルは、メリオン・スクエア・パークのベンチに座って、新聞を読んでいたのだが、最後の面でしばらく止まっている。彼はまだショーンが自分のほうに、杖をついて、小さな歩幅で近づいて来ているのに気づかない。ようやく、ふたりの目が合う。ショーンは一仕事という感じで、新聞を折りたたんでいるビルの隣に座る。

――元気にしてたかい。久しぶりじゃないか。会えてうれしいよ。ホッとしたとは言わないまでもさ。いやね、いましがた新聞の最後の面にさ、おまえの名前があるんじゃないかと探してたところなんだ。

――いや、まだだよ。片足は突っ込んでるけどな。

まさしく！　ダブリンらしい小咄である。いつもほのかに潮の味。他人の不幸が大好物――もちろん誰もがそうではない。これは慢性的な疾患である。愛着のある遺伝的特性。他にもあるかもしれないが。愛着ある特性なのである。それはつねに、誰も予期していないところで、きしきしと音を立てている。摩擦のような、いつもちょっとした痛みを感じさせる笑い。まるで快楽のための鞭のような――ああ、またしても。できればしなやかな、それほど不快感を催さないで何度か打ち込める革紐のような笑い。気分爽快。特に自分で持ち手を握っているときはなおさら。快感は不快感に比例し、増せば増すほど大きくなる。その濁った笑い声は、空瓶に閉じ込められた甘美な秘密を、痕跡を残さずに消えた死体と同じ数だけ隠している川底のようだ。笑いには世界の何から何までが含み込まれているが、なかでも取るに足らざる偉業は最高齢の住人たちの目線を反映している。老人は、笑いにおける偉大な師——アイルランドの至宝——である。失うものはもうない。堪え性がない。堪えられず、新聞の後ろに載りたくて仕方がない。おくやみや訃報のページに。紙上の墓場に。

「逝去　アンテル氏、ウィックロー出身、八十三歳。逝去いたしましたので、夫人と子供たちはここに喜んでご通知申し上げ……」

人は死ぬと有名になる。あの新聞に話を戻そう。〈ティエル＝タン〉の会報誌のことだ。ドアの下に挟まっていた号は「大宴会（ラ・ガンゲット）」と銘打たれていて、施設スタッフがこの夏に中庭で開催したパーティーにかんする報告が書いてある。消防署で毎夏行われるダンスパーティーが、寝たきり老人たちの家にやってきたのである。紛れもなく実用的であることにただ敬意を表するばかりだ。半分は紳士、半分は救急隊員である消防士は、男性老人にとっての理想像なのだから。清純な恋のカクテルパーティー。きびきびとリードされる、まったく安全なダンスパーティー。わたしは仮病を使ったため、ここで実際に起こった光景（スペクタクル）の詳細を語ることはできない。とはいえ、窓の下に中庭があるものだから、どんな流行歌がこの耳まで届いたかは証言できる。あのひどいジャヴァ（二十世紀初頭に流行した三拍子の大衆的なダンス）。まるで戦争が終わった直後のようだった。時計の針が壊れてしまったのか。時間旅行ができても、あそこにだけは戻りたくないのに。

やたら陽気な男たちが、恋に恵まれず悩んでいる鎮痛な面持ちの居住者たちを励ましているところを目に浮かべてみた。そういう女性は確実にいる。小柄なブロンドの老婆がそう語っていた。彼女は活力を失いながらも、不幸の底で、腰の曲がった大男の慰めに出会えたのである。相手は二十号室の男。目力のある格好いい老人だった。男は彼女のことを慰める。前述の通り。彼女に甘い言葉を囁き、ほかほかのバゲットのように抱きしめる。まるでうぶな少年のように、彼女のことをそっと抱きしめる。ブロンドの老婆はうふふと、うれしそうに微笑む。くすくすと笑う奥にちらちらと覗く性欲。老いらくの恋の相手を前にして、驚くような目つきをしている。人生最後の大恋愛である。話題の恋人も彼女にメロメロだ。過去は忘れて。性欲の赴くまま。どこに投げても得点になる。ボールはど真ん中ではない、でもそんなことはどうでもいい。すべてが順調だったのだから。少なくとも夫が毎週日曜日に必ず訪ねてくるまでは――夫はまだ生きていて、まだ耄碌(もうろく)していないのだ――すべてが順調だったろう。しかし夫は、老後の不実を目撃してしまった。彼は、自分がブロンドの老婆に愛を与えることができなかったことの証人でもあった。なにせ妻は肉体を火照らせて、背中の曲がった大男の腕のなかに天にも昇る心地で抱かれていたのだから。こんなことになるとは思ってもいなかった。どうしてこうなってしまったのか。生涯で最も激しく体が震えていた。人生最後の愛の震え。新聞には――熱心な読者はそう呼んでいるのだ――ブロンドの老婆とその恋人については一行たりとも書かれていなかった。非常識な話なのだろう。載っているのは誕生日の――一年前の写真だ。つまり、棺桶に打つ釘が一本増えたということである。皺だらけの顔を歪ませて、生気のない目をして、紙でできた王冠もかぶらずに禿頭をあらわにしている男。誕生日おめでとう。まだ蜘蛛の糸に――変形性関節症の指でしっかり握って――しがみついている者には、あてこすりの敬意がふさわしい。わたしがただひとつ楽しみにしているもの、それは占星術(ホロスコープ)だ。牡羊座(エリース)はフランス語で何と言うんだったか。ああ、そうだ。牡羊座(ベリエ)だ、記憶の星座は穴だらけである。

牡羊座（ベリエ）：三月二十一日～四月二十日生まれの方

海王星がいい位置に　白昼夢を見たり、内省したりする時。良くも悪くも記憶が再生し、未来を賢く見据えることができます。キーワードは「失敗から学ぶ」。

金星が土星と三分（トリン）に　近くの人たちから、忠実で無条件の愛情をもって愛されます。

冥王星が上昇宮（アセンダント）に　古い悪魔に捕らわれないように注意してください。皮肉を言ったり、暗いことを考えたり、本音が表れたりします。健康にも留意。この脆弱な期間では、過剰なものを避けてください。

古い悪魔め。あいつらがわたしから離れてくれたことがあったろうか、一日でも。一晩でも。一時間でも。せいぜい、少しのあいだ囚われの身だったくらいだろう。しかも縛られていたのは、すぐ隣の部屋だ。遠くまで行ってくれたことはない。あまりにすぐそばにいるものだから、いつも自分と見間違えていたほどだった。向こうもそうだったろう。地獄など信じていないが、そこではすでにわたしは磐石の評価を得ているのかもしれない。標準を凌駕する大きさの陰鬱な部位。少なくとも頭の先から骨盤あたりまではそう。ただし睾丸はちがう。おいおい、何を考えてるんだ、よぼよぼのサディストは！　頭の先から爪先までが悪魔のようなものだな、まったく救いようがない。おまえが厄介者のように追い払った、可愛そうなモウキを忘れたのか（ベケットと関係をもっていたパメラ・ミッチェルのこと。ふたりが出会ったのは、一九五三年）。わたしは彼女を愛していた。しかし恐怖のほうが強かった。苦しみから救ってくれたシュザンヌのほうをとったのだ。この禍々しい金玉は、必要なときにいつも引っ込んでしまう。モウキへの誠実さを装っている卑劣漢め。ふたりの女性に対する大した仕打ち。阿漕（あこぎ）な男だ！　いや、もう睾丸も両脚も使い物にならないのなら、陰鬱な部位はあまりに巨大、象をそこに寝かせられるほど巨大だ。もちろん、大きさの違いを無視すればだが。

　あちこちで、おまえが犯した過ちを贖ってきた。間違って命じられた奉仕活動みたいに。あの囚われの身の人々は、おまえのことなんて必要としていなかった。病床でメイが発狂したときだってそうだ。母親はもうおまえが誰かもわからなかったのだから。メイは錯乱状態で、地獄の鐙板（あぶみ）に片脚をぶら下げていた。終わりのない苦悶のなかで。

兄のときはどうした？　兄なんて不公平な役割分担だ。ひとりが生き永らえ、もうひとりが先に死ぬのだから。勝手に生えてくる雑草みたいなろくでなしがいるだけよとメイは言っていた。食べ物もいらない、暖もいらない。永遠に生えつづける。嵐にも耐える。霜にも耐える。思考が休まることのない終わらない季節でも。休息もいらない。雨が泣いてくれる島。水平に雨が降るあの島に、最後まで残っているのがおまえだ。暴力的な噴射で——憂鬱なケルヒャーの高圧洗浄機が岩を削り、すべてを吹き飛ばす。空までほとばしり、星々を消し去り、最後の一筋まで光の息の根を止める。これがおまえが受ける罰。ドミノの孤立牌になること。亡骸の数を勘定する役回り。足元に重ねていくだけ。自分では足を運ぶことのできない墓に花を咲かせるだけ。そこには苔や地衣類が自生している。寄生生物は、罪を悔い改めない足の悪い老人と同じくらい不滅である。その老人はいま、鏡に映る自分を覗き込んでいる。すべてから遠いところに来てしまった。全員から遠いところ。時間が経ったせいで、人殺し、母殺し、兄殺しになってしまった。浮気性の鰥夫（やもめ）になってしまった。昔はあれほど犬のような孤独に憧れていたというのに。狼のような孤独に。

Like a fish out of water. ごちゃ混ぜにするんじゃない、自分が選び取った言語なんだろう。水から出た魚のような孤独。過酷な最期である。そしていま、アイルランドの海から遠く離れて、いつも庭の奥で昔ばなしをしていた永遠の海から離れて、喘いでいる。あの海のそばで、子供のおまえはもうすでに、幽霊みたいに徘徊していたじゃないか。もう死んでしまった子供のように。ほとんど生まれていないかのように。

老人は、まだ死んでいない。

第三の時

――ベケットさん？　ベケットさん、目を開けてください！　ベケットさん、聞こえてますか？

――……

――フランソワーズ早く、手伝って。ベケットさん、大丈夫ですか？　聞こえますか？　手を握り返してください。そうそう。目を開けてみてください。そのままですよ。気分はどうですか？　どこか痛みますか？　大丈夫ですか？

――……

――座りましょう、息が楽になるように。ゆっくりでいいですからね。そうです。

酸素量は最低限にしておきます。落ち着いてマスクに呼吸をしてください。もうすぐ先生が来てくれますから。

――……

――フランソワーズ、伝えてもらえる？　当直にモラン先生がいるの。ベケットさんがベッドから落ちたって伝えて。彼のことはよく知っているから。

――……

――大丈夫ですか？　息苦しくないですか？　苦しくない？　びっくりさせないでくださいよ！　どこか怪我したりしてませんか？　大丈夫です？　本当に？　ちゃんと聞こえてますね。あっ！　いま少し笑いましたね、だんだん落ち着いてくるはずです。何があったんですか、何か取ろうとしたんですか？　身を乗り出したとか？　転倒しちゃった？　わからない？　ウィスキーじゃないですよね？　まさかね、早すぎますもんね。冗談です、冗談です。わかってますよ。お酒は必ず十七時以降ですものね。いつもルール通り、ご立派ですよね。

――……

――あっ！　顔色がよくなってきました、落ち着いてきたみたいですね。もうすぐ先生が来てくれますよ。先生が来たら一緒に起こしますね。でも心配しないで、ずっと隣にいます。ずっと見ていますから。あっ、セーター、ちょっとだけ下げますよ、お腹が見えてたので。え、何て？　ああ、こう言ったんですか――「そのおっぱいを隠してください」。すごいですね！　それって誰の言葉でしたっけ？　ヴィクトル・ユゴー？　あっ、モリエールでしょ？

――……

――ベッドに寄りかかれるように、ごろんと転がします、そのほうが楽になりますよ。そうそう、そうです。このほうがいいでしょう？　木板が当たって痛くないですか？　いま、お返事できます？　さっきはびっくりしましたよ。ここのベッドは高くて、本当に危ないんです。ちょうど今日ね、コラールさんもお昼に食堂に行こうとして滑り落ちたんです。幸い、骨に異常はありませんでしたけど。今日のサーカスはこれでおしまいですよ。体重が軽いから大事には至りませんでしたが、もう少し重かったら大きな怪我をしていたかもしれないんですから。

――……

★

——ベケットさん……どうしましたか？　モラン先生！

——……

——ベケットさん？　返事してください。目、開けられますか？　ベケットさん？　フランソワーズ、救急車を呼んで。八十代の患者さんがベッドから落ちて意識不明だって伝えて。ナジャ、あなたさっき話をしてたのよね？

——少しだけしか喋ってませんが、会話は通常通りでした。いま急に意識を失ったんだと思います。

——脈拍は安定。息もある。ベッドに戻しましょう。上半身は四十五度にして。酸素を低流量にしてちょうだい。圧力はいくつ？

——十一・八です。

——よかった、瞳孔は動いてる、心停止ではなさそうね。呼吸も正常。意識は戻るはずよ。まずは針を入れて点滴を。救急隊が到着するまでは、電気ショックで時間を稼ぎましょう。

Sam has a whale of a time.（サムは楽しんでいるところ）だと、言えようか。一頭の鯨、まさにそう——サムという一頭の老いた鯨がカーペットの上に横たわっている。鯨というよりもむしろ、役立たずの駄馬（モディット・ビック）だろうか。あるいは、佝僂（くる）病の標本のような——ミンククジラか。この個体は、なかんずく自己破壊的なところがあって、ひとりで水中に沈む。漁師が捕らえようとするまでもない。船長が銛を歯に挟んで、すぐ後ろを追いかけようとしても、ひとりで不意に溺れてしまうのだ。最大の敵は自分である。どうすればいいかは、よくわかっている。自分を網にかけて捕まえてしまえばいい。自殺願望のある哺乳類と同じように。下へ下へと落ちていけばいい。崩れるように沈んでいけばいい。これで海の戦いも終了だ。サムじいさん、あいつは落ちるところまで落ちた。といっても、ここは地面の上だが。

深海にとどまる鯨――比較としてはそんなに悪くはない。わたしも脳の半分が動いている、それも夜だけではなくずっと、動いているのだとすれば、だが。残りは、お粥みたいなもの。母親が作ってくれたジャムみたいなものである。鯨は、寝ているときも脳の半分が覚醒しているという。この半分の脳は、生存のためには欠かすことができない。大切なこと、重要なことを思い出させるためだ――呼吸である。定期的に水面に浮上して、空気を吸うこと。生きるために必要なことだ。それをわたしは、あまりにも忘れてしまう。これは過信の証なのか――半分の脳の？　いや動いているのは、せいぜい四分の一くらいだろう。それ以下かもしれない。鯨以下だ。いま、やるべきことをするには、そのくらいでも十分なのだ。

何かミスを犯してないだろうか。そうだ、四分の一では、もはや何ひとつ確かとは感じられまい。安心などどこにもない。鯨たちの脳は、本当に半日交代で思索をしているのだろうか。わたしはふと、イルカの知能と混同しているのではないか。全体的に考えがぼんやりとしている。修復不能な脳みそめ。しかも四分の三もの容量だ。さあ、もうひとふんばりだ。生き残ってる者たちの力を結集しなければ——わずかな浮遊細胞のことである。ほとんど残っていない無傷のニューロンのことだ。

　イルカの脳が右に述べたように半日交代で動いていることは、絶対に間違っていない。しかし、鯨はどうだったろう。海底では息ができない、それも確かなことだ。だから、何かしらの仕掛けがあるのだろう。そこから、間違いなく同じであると言うために、踏まなければならない段階がひとつある。あるいはふたつある。鯨とイルカの知能というのは、同じなのだろうか。メルヴィルのことを考えてみれば——まさか、忘れたなんてことはありえない。いくつもの種類を超えて、鯨のなかの鯨である「白鯨（モビー・ディック）」、その稀有な能力についての綿密な記述——スケールの大きい鯨学のこと。抹香鯨、鮫鯨（キラー）、一角鯨、そして歯をもつ鯨の女王である白鯨のこと。あらゆる角度から描かれる白鯨のこと。精液鯨（マッコウクジラ）である——この言葉もわたしが作ったわけではない——モビー・ディックのことは忘れることがない。深く——海底で——考えてみれば、わたしの同志であるミンククジラに関していうと、こちらは背鰭鯨の仲間だ。鯨学の先頭に立つメルヴィルによれば、それほど感じのいい鯨ではないらしい。

The Fin-Back is not gregarious. He seems a whale-hater, as some men are man-haters. 背鰭鯨は群棲しない。人間に厭人家があるように、彼は鯨嫌いであるようだ。

いまのところ、わたしに酷似していることは否定しにくい。

Very shy; always going solitary; unexpectedly rising to the surface in the remotest and most sullen waters... ひどいはにかみ屋で、いつも孤独で泳ぎまわり、思いもかけぬ遠い陰暗な水面に浮び上がる。

不安になってきた……わたしじゃないか。生まれ変わるときは検討してみてもいい。それともすでにわたしは鯨なのか？　辻褄は合いそうだ。

His straight and single lofty jet rising like a tall misanthropic spear upon a barren plain... そのまっすぐに高く噴きあげる一条の汐は、不毛の原野に屹立する槍にさも似ている。

メルヴィル！　あなたの詩魂には敵わない。ミンククジラには、それがわかる。だのに、鯨の神経の働きについては一行たりとも思い出せない。想像だが、きっとほとんど、同じなのだろう……

サン＝タンヌ病院神経科にて

一九八九年十二月八日

――先生、まだ眠られてます。唸り声をあげていますが、眠られているようです。起こしたほうがいいでしょうか？

――安静にしておこう。脳波は安定してるから、峠は越したようだ。回診が終わったら戻ってくる。それまでは様子を見よう。落ち着かない状態がつづいたら、知らせてくれ。

★

タイトルは『フィルム』（これは覚えている）。無声（わたしと同じだ）。白黒。（俳優は？　そこまで出かかっているのだが……）バスター・キートンだよ、男を演じてくれたのは。ネル・ハリソンとジェームズ・カレンが、通行人の夫婦。スーザン・リードは、老女（例の老婆である）。映画は、男の目のクロースアップからはじまる。そこは廃墟の街（いつも廃墟である）、周囲を取り囲む巨大な壁には苔が生している。壁に沿った縦方向のパノラマ撮影と、廃墟となった建物の水平方向のトラッキングショット。不意にキャメラが高速で動く。男が小走りを（馬みたいに、頭を欠いたニワトリみたいに）する様子。観衆に背中を向けたまま、謎めいた封筒を見て立ち止まり、そしてふたたび走り出す男。

キートン。頭が悪そうな顔つき。梅干しみたいに皺だらけのよぼよぼの瞼。まるで年季の入った鞄のようであった。画面を貪るように見つめる無色の視線のなかの虹彩は、何かを覆い隠すヴェールというにはほど遠く、壁紙に溶け込んで完全にレリーフに埋め込まれた裏口の――バックドアの――引き窓のように、何か口にできないことを隠している。鼻と髭は誰もと同じ。しかし、口にできないこととは――何だろうか？　答えがあるわけではなかった。それを求めて『フィルム』の撮影をしていた。キャメラを回すのは、あちこち回るということだ。しかし、いくら突き止めようとしても無駄だった。あの片目を針で突き止めようとしたわけじゃない。あの男の秘密を突き止めようとしたものの、何ひとつわからなかったということである。画面に宿っていたあの片目には、常軌を逸した権威以外のものは見出せなかった。ほかには何もなかった。ほとんど何も語ってくれなかったのである。キートンは画面を占領すると、まるで磁石のように周囲を引き寄せた。強力な磁気性の物質、しかも残留磁化と保磁力がやたらに大きい。誰もが困惑するほどの引力は、逆側のわたしにまで届いた。そのときの目は——こんどはわたしの目のことだ——、フレームを作るために覗き込んでいた小窓に、つまりファインダーに釘付けとなっていた。目には目を——歯のことはひとまず忘れよう——、わたしの目が吸い付いてしまったキートンの目は、まるでスポンジのように、すべてのものを吸い寄せていた。そう、まさにスポンジのように、細かく開いたたくさんの穴が、まるで極小の花瓶みたいに、そこから流れ出たいと思っているものすべてを内側に入れ込む力をもっていたのである。スポンジの目。もはや目ではない。他の人間とはちがう。群を抜いて潤っている目。それなのにまだ何も流れ出していない。真っ赤な血管が浮き出た目の潤いは、見ている者すべてに対し、災禍をもたらす大雨を降らせそうなほどだった。その目に涙があるとしたら、それは犠牲者たちの涙だろう。それはある日、おそらくは夜に、何も気に留めることなく男の前を通り過ぎてしまった不幸な者たち。ちらりと一目だけ見て去っていった人たち。その代償は高くついた。彼らはもう戻ることはなかった。獲物を逃さぬ蜘蛛のように、その目は巣を張りつづけていた。相手を惹きつけるまで。逃れられなくしてしまうまで。彼らの涙は、吸い取られるがままだった。激しい乾きだ。一滴たりとも残さない。目の吸血鬼。盲目の瞳孔のような底なしの目。もの見る盲人の目。身の毛のよだつ目。一眼巨人（キュクロプス）のような一つ目は、かつて二つあったのだろうか。おそろしい。

小走りの男は、新聞を読んでいる（まあ、読んでいるというか……見出しを眺めているだけの）通行人の夫婦とぶつかってしまう。よろめいたあと、すぐに立ち止まった通行人の男を素早く撮影。怪訝な面持ちで男を見つめる通行人のクロースアップ。小走りの男は、ふたりのあいだをすり抜けて、ふたたび走り出す。瓦礫をまたぎ、板の上を歩く。キャメラは、帽子を頭に載せて眼鏡を掛け直した通行人の男にまた戻る

（ああ、ふたりは男を見てしまった。危ないことになるぞ）。横並びになった通行人がキャメラを見つめて叫びだすところにクローズアップ。

　ふたりは、わたしのことも見ていた。ファインダー越しに、わたしの目も見ていたのだ。あのときは、小窓の向こう側は安全だと思い込んでいたのに。角度を計算しているから、相手は何も気づいていないと思っていたのに。おまえの目は罠にかかった。やはり、映画（フィルム）に囚われていたのだ。一眼巨人はおまえのことだよ、ご老人。あの怪物――ウラノスとガイアの息子はおまえだ。でも、いったいどれだ？　雷鳴（ブロンテス）だろうか？　雷光（ステロペス）だろうか？　閃光（アルゲス）だろうか？

　ぜんぜんちがう、一眼巨人とは関係がない。おまえはたくさんの目のひとつにすぎない。だいいち、ふたりだって見られていただろ。おまえ以外の人間にも見られていたんだ。あの男でさえ、視線から逃れられはしなかった。セットに溶け込もうと懸命に頑張っていたというのに。為す術がなかった。みずからを黒いコートで覆い隠していたというのに。ポケットチーフのようなシルクの帽子で、頭頂部をすっぽりと包み隠していたというのに。顔がうまく隠れるようにカンカン帽の下には入念に一枚の布を噛ませていたというのに。男もまた、見られてしまった。誰かはバレなかったかもしれないが、それは誰にもわからない。だがもし、通行人が手にしていた新聞に、男の顔が載っていたとしたら？　男の写真が、大々的に三面記事のなかに載っている。そう！　それなら男はウサギのように、コウモリのように走っていくだろう。まるで地獄から逃げ出し、宿敵の猛禽類から逃れるように飛んで逃げ去るはずだ。例の男の動きは、まるでドブネズミである。死に物狂いで走っていても捕まるだろう。空中を飛んでいても写真に撮れるだろう。

★

――通常なら、心臓の検査には問題がない。意識が戻らないのはおかしいな。いちど起こしてみたかい？

――まだです、先生が来られるのを待ってたんです。まだかなり興奮状態なんですが、目はずっと閉じたままです。悪夢でも見ているかのようで。

――ベケットさん？　ベケットさん、わたしの声が聞こえますか？　できれば目を開けてみてください。瞼は動いているので開けられると思うんですが。さあ、どうぞ。

──……

──見えてます？　医師のユトリロです。いまね、病院にいるんですよ。待って待って、目は開けたままで。大変だと思うんですけど、すぐに慣れますから。目にちょっと光が入りますよ、少しだけ瞳孔を見せてください。はい、そうです。この指を目で追ってみてください。大丈夫そうですね。

──……

──何が起こったか憶えてますか？　喋りづらかったら酸素マスクを外してもらっても結構ですよ。憶えてますか？　養護施設のほうでね、気を失ったみたいなんですよ。ベッドから落ちたんですって。正確な原因はわからないので、確認のテストをすることになると思います。甥子さんたちだと思いますけど、ご家族の方がいまこちらに向かっています。アイルランドからいらっしゃるということで、合ってますね？

──……

──わかりました、あんまり無理はしないでほしいんですが、ちょっと起きてるようにしてみてください。食事をお持ちしますので。すぐに戻ります。待って待って、まだ寝ないでください。なるべく目を開けていてください。ベケットさん、それではすぐにまた。

★

角を曲がって（全速力で、ずっと全速力で）ビルのなかに入っていく男をキャメラは追う。立ち止まって手首に指を当て、脈拍を測る男性にズームイン（最低でも毎分百回は打っている）。

この映画を撮ったとき、キートンは何歳だったのだろう？　七十歳？　七十五歳か？　わからない。とにかく、新人などではなかった。あいかわらず猫のように飛び跳ねていたとしても、曲芸にかつての勢いはなかった。彼がすでにだいぶ年を重ねていたことは、昨日までは華奢だったとしても、がっちりした体格だからわかる。太っていたのではない。ベルトの上に贅肉があるわけではなかったが、とはいえ貧相でもなかった。いずれにしても、いかにも健康そうに見えたその白髪混じりの男でも、あんなふうに走ったあとでは、間違いなく息が切れることはわかっていた。だから、男はちょっと立ち止まって脈を測ってみようと思い至ったのだ。そして機械の動作状況を確かめたのである。白髪混じりの男だと！　キートンは昔と変わらず滑稽な男、若々しい男だったろう。おまえが成り果てたようなポンコツとはちがう。もう人生の大半は消化しちまったのかもしれないが、その文句ばかりの老人の面をこっちに見せてみろ。ほらまた、大半などと大雑把な言い方を。キャメラのあとを追い、雲まで伸びる梯子を登っていたサムにいったい何が残っているのか？　野菜だ。やわらかく調理された根菜類が、防虫剤とカビの匂いを放っている……

★

——あの、起きてますか？

——……

——おはようございます。起こすようにと頼まれましたもので。食事をお持ちしました。熱いですから、気をつけて。蓋と瓶はわたしのほうで開けますね。

……

——ご覧のとおり、今日の前菜はキノコのスープです。メインは、〈ティエル＝タン〉であなたを担当されているスタッフさんから、お肉は召し上がらないと伺いましたので、骨つきハムといんげんのバター炒めの代わりに、白身魚の切身とラタトゥイユをご用意しました。お魚は大丈夫ですか？

……

——ヴィック（フランス北部の街）のカットチーズは召し上がります？　食べやすいように、パンに塗りましょう。フランビー（ネスレ社のキャラメル味のカスタード）、これはそのままでもいいですよね。デザートのフランビー、お好きじゃないですか？　大丈夫ですよ、ご希望であればコンポートをお持ちしますので。林檎と梨か、林檎とルバーブ、どちらがよろしいですか？

……

★

上下に移動するキャメラが捉えるのは、階段を数段ばかり登った男が、老婆の姿（今度ばかりは本当に老いている。議論の余地はない）にはっと気づいて、ふたたび階段の下に隠れるように降りていくところだ。老婆には男が見えておらず、花籠を手に抱えて階段を降りてくる。老婆の顔のクロースアップ。笑顔が消えていく。恐怖の表情。目をひん剝いた顔。彼女は倒れる。花びらが床に散る。垂直方向の移動。男はもう階段の上にいて、そのまま二階へと駆け上がっていく。

今回ならわかる。見たとおり、火を見るよりも明らかな手口だ。しかしながら悪漢は、一度ならずまたしても、逃げ去ることができてしまった。つまり、あのときの目は――わたしの目のこと、キャメラの目のことである――男を捕まえきれずに、みすみす逃してしまったのである。逃亡を許してしまった。老人嫌悪という罪は、さすがに天国までは持っていけないだろうが。犠牲となった哀れな老婆は、無味乾燥な動作ひとつで発作を起こしてしまった。あれほど楽なことはない。大それたことは必要ないのだから。長いあいだ、彼女は死のすぐそばにいた。わずか一本の糸が繫ぎとめていただけだった。たった一本の糸、それを彼は運命の女神のごとく断ち切ってしまった。たったひとつの小さく素早い動作で——誰もが事故だと思うだろう。老婆は階段から崩れ落ちた。人形のような黒い目をして、コサージュのついた帽子をかぶっていた上品な老婦人だった。前に抱えているまがいものではない花、それを大事そうに撫でていたお洒落なご婦人。白薔薇とアザミの花。いまや、それらは老婆の横に落ちている。死んだ女のすぐ隣に。

あの男よりも老婆の方がよほど年老いていた。きっと母親なのだ！　そうでなければ、何だというのか？　そうでなければ、なぜ彼女を奈落に突き落としたというのか？　無意味だったという可能性もある。支離滅裂であるということも。ともかくも誰よりも責任を負うべきは、穴のように黒い目の老婆、彼女だった。生きているということが真の意味で罪深かったのは、彼女だった。すべてが罪。女はあまりにも長いあいだ、自身の残酷さを隠してきたのだ。仮面の後ろに。コサージュの帽子の後ろに。悪魔だったのだ。蠱惑的な悪魔は、裏切る男に罰を与える。もちろん、全員が裏切り者！　あんたがひとりめ。遠くまで探しにいく必要はない。死体はすべてそこにある。呪われた骸骨たちは、せめてクローゼットから出してくれと懇願している。そうじゃない、老婆は自業自得の悲惨な最期だった。聞き取ることができない最後の叫び、それは無声映画となってイマージュだけを吐き出す。

サン＝タンヌ病院神経科にて

一九八九年十二月九日

――こんにちは、あの……ベケットさんですよね？

――……

――寝てましたか？　ちょっとお邪魔して申し訳ないんですけど、お風呂のことで伺いました。別のスタッフから、清拭は男性のほうがいいという話を聞きましたもので。担当のフレデリックといいます。

――……

――あんまりご負担にならないように、ベッドの上でさっと拭っちゃいますね。少し待っててください、エプロンをつけて、すぐ横の洗面台で洗面器にお湯を汲んできますので。バスグローブとスポンジ、どっちがよろしいですか？

——……

——熱すぎませんか？　ちょうどいいくらいですか？　お髭は明日よかったら剃りますね。それでは、上半身から失礼します。脇の下、ちょっと我慢してくださいね、なるべくくすぐったくないようにしますから。大丈夫ですか？

——……

——じゃあ、バスグローブを交換します。大変失礼ですけど、全身ということなので。こちらも失礼しますね。なるべく短時間で、急いでやりますから。

——……

——はい、難しいところはこれで終わりです。上の服は下ろしていただいて結構です、脚から下は捲らなくてもできますので。

——……

——これで完了です、新品の硬貨みたいになりました。そちらではどんな言い回しをするんです？　呼び笛（ホイッスル）みたいにぴかぴかって言うんですか？　へえ、面白い表現ですね。初めて聞きました。英語ですか？

★

鍵を開ける男の手のクロースアップ。彼は部屋に入り込み、ドアを閉めて、チェーンで内側から鍵をかける。そしてふたたび脈を測る（治ることのない病気不安症(ヒポコンドリー)なのだ）。

部屋に戻ってきた。子供時代を過ごした部屋。むかし、夜になると、怖くならないように灯りをつけてほしいと懇願していた場所だ。どこかなつかしく、不安を駆り立てる部屋。壁がひび割れていて、まるで血管の浮き出た皮膚のようである。痛みを浮き立たせているようだ。薄い皮膚は、包み込んでくれているといっても頼りなさげで——本当に守ってくれているわけではない。それでもなお、どこかなつかしい。古傷の痛みのよう。これで男は、顔を隠していた布を外すことができる。ようやく安全な場所にたどり着いたのだ。

何ひとつわかっていない！　いまに始まったことではないが、セットの細部のことが、何ひとつわかっていないんだな。近くの通りに臨む窓はどうした、ただそれがあるだけで、男の存在がバレてしまうというのに。カーテンに対峙した男は悪戦苦闘するものの、しかし否応なく穴だらけでカーテンを下ろしたところで丸見えだ。丸見えの死刑台――もう逃れられない母殺しの男。だが、そんなことはわかっている。幸運が彼に微笑むことはない。しかしどうして幸運が微笑まないのだろう？　おまえには、幸運がたっぷりと微笑んでくれたのに。しかもすべての歯を見せてにっこりと。そもそも、捕まること自体がなかった。他の連中は、ひどい目に遭っている。みんな、連れていかれてしまった。おまえは、運がよかった。ぎらぎらと輝く太陽の下でずっと干し草を作っていたのだから。みんな捕まってしまった。こんどは、彼の番だ。男にはそれがわかっている。

部屋全体のパノラマ撮影。ワゴンの上には鳥籠と水槽が置かれているのが見える。素早いキャメラの動きが、揺り椅子、ポスター（指人形（ギニョール）のようにも見えるが、わたしは操り人形（マリオネット）と言いたい）、壁に掛けられた一枚の鏡を映し出す。部屋の中央に置かれている籠へのクロースアップ。そのなかには一頭の小型犬と一匹の白黒の猫が寝かさ

れている。

わたしは、安全な場所だと言った。視界の外というわけではない。もし男が視界の外に消えてしまったら、映画(フィルム)は存在しなくなってしまうだろう。男はいま安全な場所に、ペットの動物と一緒にいる。彼は喜んでいるはずだ――なにせ人間嫌いで、社交的ではない男なのだから。動物以外に人影はない。動物たちは邪魔にならない。田舎にいれば、なおさらである。しかし、しばらく室内に放置されていた動物としては、驚くほど大人しく見える。猫も犬も、ふだんは散歩に出る――〈ふたたび旅に出よう(オン・ザ・ロード・アゲイン)〉(ウィリー・ネルソン〔一九三三―〕の一九八〇年の曲名)。そこでも、騒いだりすることはない。かろうじて瞬きをするくらいだ。犬と猫は、ペット用の寝床で丸まって待っている。猫を叩き起こすこともない。相棒のほうも同じだ。

おい、またもや青二才のように騙されているぞ。ばあさん用の、ネコちゃん用の、ワンちゃん用の籠をよく見てみろ。男はすぐに理解した。あいつは危険を察知していた。男が何をいつ見るかは、手榴弾のように、爆弾のように、前もって決定されていた。すべてが次から次に迫ってくるように男は感じていたんだ。壁の隙間や鏡の反射のなかにひそかに隠れていた者たちでさえ。すべてのことを察知していたんだ。最初はオウム、次いで猫、そしてチワワ……あいつにできたことは、すべてを追い出すことだけだった。こっから早く出ていけくそが（ゲッザ・ファック・アウタ・ヒア）！　って感じさ。

室内の広角のショット。男は猫を抱き上げ、ドアを開けて外に出すと、ドアをまた閉める。右方向への水平のパノラマ。男が犬を迎えにいき、ドアを開けて外に出す。その瞬間に猫が室内に戻ってきてしまう。

一方が出て行くと、もう一方が戻ってくる。ギャグの王道だ。いまでも笑える永遠のコメディ。それにほぼ匹敵するのは、「ブラシにつかまって、梯子を引くから」という往年のジョークくらいだ。これを超えるものはない。しかも神様バージョンもあるらしい。悪魔さえも笑う。奴でさえも笑うのだ。

そのあとはどうなる？　梯子を外したら？　何が起きる？　何も。何も起こらない。ひとりで暗い部屋にいるときには、何ひとつ良いことは起こらない。光、それも昼間の日の光さえあれば、犯罪や罪状は十分明るみに出る。母殺しのことだ。あの母殺しの男に、いったい何をさせたいというのだ？　隠れること、自分を憎むことは別として。自分の影から逃げることは別として。英語でいえば、自己嫌悪（セルフ・ヘイトレッド）は別として。おいおい、英語なんかで言ってどうする、この映画には音声がないんだぞ。それに誰だって、いちどは自分のことが嫌になるものだ。とくに終末はそう。残った瓦礫のような肉体と肩を並べるのは、萎れきった精神の残りくらいしかない。自分を責め立てる声ばかりが聞こえてくる。耳を傾けていないときでさえ。

サン＝タンヌ病院神経科にて

一九八九年十二月十日

――ベケットさん？

――……

――フルニエさん、ご覧のとおりベケットさんはかなり憔悴されていて、ここ数日は長時間を寝て過ごしています。介護と食事のために起こさなければならないような状態なのです。

――……

――ベケットさん？　担当医です。目を開けてもらえますか、ちょっとだけお話ししたいんですが。

――……

――ご友達のフルニエさんにもご説明しましたが、残念ながら検査結果を見ても、まだ状態がよくわかっていません。気絶の理由がわからないんです。なので当面は、治療をしながら経過観察を続けることにしましょう。

――……

――では、わたしはこれで。読書が捗りそうですね、ベケットさん。ちょっとした刺激は、体にもいいですよ。そちらは何の本です？　ウィリアム・バトラー・イェイッ？　存じ上げませんね。アイルランドの方なんですか？

★

水平方向のパノラマ撮影。鏡にかけた布が下に落ちると、男は慌ててそれに飛びかかり、ふたたび鏡を覆い隠す。キャメラは円を描くように移動。男は揺り椅子に座り、さっきまで持っていた封筒を手に取る。映画の冒頭で出てきたあれだ。

当時気に入っていたのが、この宝物というアイデアだった。どこからかはわからないが、キートンがいつも持ち歩いていた小さな宝物。アルパゴン（モリエール『守銭奴』の主人公）のお宝箱ではなく、ギャングスター風の札束入りのジュラルミンケースでもない。そう、ずっと控えめなもの。結局、男にはあれひとつしかないのだろう。ひどく愛着があるのだ。いまや部屋のなかで、片目までバンダナをずり下げている男のたたずまいは、海賊のようである。ようやくひとりになって、揺り椅子に座り込む。ついにそれを開けるときがきた、革の鞄から出てきた謎の茶封筒という唯一無二のものを取り出し……

口を噤め！　いつも進むのが速すぎる。あまりにも速すぎる。何かが起こるよりも先にそれについて語りはじめてしまう。禍々しい予言師が！　呪われた霊媒師が！　そう、おまえは蛇だ。ほら穴のなかに棲み、小動物たちを恐怖に陥れる卑劣な爬虫類だ。ご神託でも受けたかのような口ぶりだが、しかしこの時点ではまだ、茶封筒の中身が何かはわからないだろ。わかっているのは、男が過剰な愛着を抱いてそれを大事にしているということだけ。女の体みたいに胸に抱き寄せているということだけ。まるでそれがなければ、生きていけないかのように。むしろ、失うくらいなら死んだほうがマシ。おまえが妻を失ったときとおんなじさ。

クロースアップされる鳥籠のなかのオウム。背後のキャメラは、男が鳥籠のほうに近づき、コートを脱ぐところを映しだす。クロースアップされるオウムの目のまばたき（ウインク）をする。背後のキャメラは、男が鳥籠をコートで覆い隠すところを映す。クロースアップされる水槽と金魚。背後のキャメラが、男が水槽に近づき、それも覆い隠すところを映す。

間違いなく人間には、覗き見ることを喜ぶ面がある——その現実的な喜びのことなら、わたしもいくらか知っている。しかし、覗かれる側の不快感についてはどうだろう。「視線恐怖症」である。つまり、覗き見られることで、覗き見る者の喜びを不安に感じる人間のこと。恥ずかしさから逃げ出したくなるような不安。罰せられることから逃げ出したくなるような不安。興奮が襲いかかるのはある意味で、覗かれる側だ。

いやいや、興奮という言葉を使ったものの、わたしが言いたいのは広い意味での興奮のことだ。いまの場合は、性交のことは考えていないし、キートンのことも考えていない。このふたつのことを随伴的に考えないように、細心の注意を払っている。何でもかんでも混ぜ合わせてしまう悪い癖が、わたしにはあるからだ。そう！　味覚と色彩が混ざり合うように。あのときのわたしが望んでいたのは、キートン、あの男を見ることだった。ファインダー越しにである。ただ、何かを見ようとしている彼を見るだけではなく、見られようとしている彼を見るということだった。あるいは、誰かに見られていることを想像している彼を見ること。ずっと気に懸かっていたのは、キートンがどれだけ持ち堪えてくれるのかということだった。危機の高揚。その危機は彼のなかで、強火にかけられた鍋の牛乳のようにふつふつと沸き上がっていった。わたしのなかでも彼の狂気が膨らんでいくようだった。あたかも狂気が、ある男を見つけたことを喜ぶかのように。キートンを見つけたことを喜ぶかのように。どうせならキートンがいいと言わんばかりに。

そのとおり、ここで自分語りをしている男は、品性を欠いた劇作家であり、悪魔的な演出家である。よく言ってみせたところで、拷問人。あの男は、悪を培養していた。最初は窓、つぎは鏡、さらには地球のように丸い目の怖ろしい金魚。それらをコートで覆い隠したことで、おそらくようやく息ができるようになったのだろう。あの謎に満ちた茶封筒がいよいよ開くときがきた。

背後のキャメラは、椅子に揺られる男を映す。ズームになった茶封筒を男は開け、何枚かの写真を取り出す。

写真番号1・2：帽子をかぶった女のポートレート。

写真番号3：紳士と犬。犬はテーブルの上で紳士に向かってちんちんをしている。

それにしても、美しく優雅で真面目そうなあの女性は誰なのか？　まったく、あの写真は一体どこから来たのか？　ほったらかしのタツノオトシゴ。金魚の思い出。グリュイエールチーズよりも穴だらけだ。スノードームのなかの雪が舞うように、ぼろぼろの記憶のなかでイメージが揺られているばかりである。

あの女は誰なのか？　古風な鍔広(つば)の日よけ帽をかぶっている。男の妻だろうか？　男が生まれる前の、若いころの母親だろうか？　男が生まれてくる前、つまり完全に狂ってしまう前から、彼女はちょっとおかしかった。いつもそうだった。そういう気質を秘めていた。まだ開花していなかっただけ。まだ母になっていなかっただけ。

母親、母親って！　母親のことはもうやめてくれないか！　死んでからこの方、おまえは母親のことばかり考えている。彼女は埋葬されているんだ、グレイストーンズに。海と山のあいだに。ウィックローの山々のふもとに。彼女なんかじゃない。彼女はこの映画には出てこない。封筒のなかにはいない。写真にも映ってない。だいいち、あの男はもう女なんか見ずに、次の写真に移っているじゃないか。紳士の写真に。

帽子をかぶった紳士は、杖をついて口髭を生やしており、どこか気取った雰囲気を醸し出している――紋切型だ。男は犬に向かってお辞儀のような格好をしていて、犬のほうはテーブルに乗っている。同時に犬はちんちんをして――主人のほうに全身を伸ばして後ろ足で立っている。うわべだけの恭順。紳士は、服の袖に角砂糖をひとつ忍ばせているのだ。

よく見てみろ。この犬のほうに身を乗り出している紳士の姿は、誰かに似ていないか？　忘れたとは言わせない！　ほら！　もういちど見てみろ。縦縞のスーツ、杖、口髭……哀れな犬といる、この主人が誰かわからないのか？

いいや、この点については、わたしのほうが正しい。ジョイスはもっと痩せていた。

はるかに痩せていた。二本の大きな杖をもって、というのは両脚のことだが、ひょろ長い老人だった。そして尖った顎。まるで鳥の嘴のような。一本の釘のようにも見えた顎。

おまえが話しているのは、棺に打ち込まれた釘のことだろう！　ジョイスはもうこの世にはいない。思い出せ。いつもすぐ忘れやがる。戦争の最中に、彼は死んでしまって、いまではもう何も残っていない。亡骸にしたって、アイルランドに持ち帰るのに十分な量は残っていなかった。努力したが無駄だった。ジョイスは塵になったんだ。そう、ジョイスは死んだ。戦争が、彼の最期に署名したのだ。あまたの死者に囲まれながら、死んでいった大作家。死のなかの死ではあったが、何の関係もなかった。戦争とは何の関係もなかった。それなのに……それだというのに、ジョイスの言葉はいつも頭に、わたしの擦り切れた大脳皮質に無傷のまま存在し続けている。すべての難破船から奇跡的に救出された言葉たち。わたしのすべての難破船から。言葉はそこにあり、いつでも取り出すことができる。そしてわたしを否応なく、山の花であるあの少女へと導く。蜜のような言葉。ジョイスの言葉は朽ち果てない。動きが鈍らない。傷つかない。山から下りてきたツグミのように鳴いている。フォックスロックの朝、家はすでに光を受けて動き出す時間帯、遠くにやってきたツグミをキッチンの窓から見ていたものだった。メイの家の台所から見える遠くのツグミが教えてくれた道。空を渡る自由の道だ。海から山へ。すべてを見渡せる。ジョイスの言葉を頭に浮かべながら、いくつもの難破を乗り越えてきた。ジョイスの言葉を胸に。ぴちち、ぴちちと――少女の話を、山々の花の話を囀っている。鳥たちは、夜が更けてもまだぴちっている。わたしの代わりに――あやふやな記憶、とびとびの記憶の代わりに――物語を続けている。耳を傾けよう。

　そう、まさしくアンダルシアの少女たちのように、彼女は髪に一輪の薔薇を挿していた。赤い薔薇である。それは、壁とキスの話でもあった。少女は、彼がほかの男と比べても悪くない、平均よりは少しばかり上かもしれないと判断して、一歩を踏み出したことによって、そう、ジョイスの忘れがたい「そう（イエス）」の繰り返しが押し寄せたのだ。もっともっとつづく「そう」。欲望のアンコール。まっすぐな目に据えられたイエスという――万国共通の言葉。それが意味するところは「はい（ウィ）」ではなく、「もっともっと（アンコール）」である。彼女はもっともっとしゃべる。抱きしめられて心臓の鼓動を聴いていても**そうよわたしは「そう」と言ったしこれからも「そう」と言うわ。**

写真番号4：正装の男子学生が教授から卒業証書を受け取っている。

可愛らしいポンポンの付いた角帽——英語圏の大学なのだろう。それは確かだとしても、いったいどこの大学なのか？　決定的な手がかりはない。母親を殺した男は、トリニティカレッジの昔の学生で、卒業後に何らかの進路を選んだのだろうか？　ひょっとすると男は、よき羊飼いであるキリストが語る一頭の迷える子羊なのだろうか？　寓話に出てくるよき羊飼いは、悪い人たちに出会ってしまったのかもしれない。日曜日の教会で、わたしが椅子の上でうとうとしているあいだに、人々が説教で聞かされている例の悪い連中に遭遇してしまったのかもしれない。

彼じゃないんじゃないか？　よく見てみろ。写真に写っているのは、あの男じゃない。この大きな背丈を見てみるんだ。角帽の下から長い髪がのぞく間抜け面。おまえじゃないか！　そう、いつだってそうだ、神のように誇らしげ、山のように誇らしげな、丸眼鏡をかけた小学一年生のまま。教師たちの前に、そうやって現れることを誇らしげに思っている。両親の前でもそうだった。

話をしてあげてください。叔父さんにも声は聞こえています。ご説明したとおり、いまも非常に興奮した状態ですが、しかし目を開けて意識が戻ったときには、たいていの場合、冷静になるものです。母国の言葉で話しかけてみてはいかがですか。そうすれば、刺激がより深く届くかもしれません。断定的なことは言えませんが、試してみる価値はあると思います。明日、また回診にうかがいます。もしよろしければ、一緒にまた状況を確認しましょう。

★

写真番号5：結婚式の写真。男女が庭の柵の前でポーズをとっている。

彼ら、この不幸者たちを待ち構えているものならわかる。ふたりとも腰まで土に埋まっている。男は、眠っている。女は、半ば狂っている。横並びになった彼ら以外に人間の姿はない。将来にあるのは瑣末なことばかり、取るに足らない仕草がふたりを最期から遠ざけつづける。毎日同じ時間に歯（ダン）を磨いて、くだらないことを話すだけ。つつましい喜びである。時（タン）を磨くだけだなんて。写真を見るかぎり、ふたりはまだ自分たちを待ち受けているものを知らない。写真のなかのふたりには気品があるが、控えめさもある。新郎が着ているのは普通のタキシードだ。モーニングでもなく、後ろに燕尾があるわけでもなく、毛足の長い毛皮が縁についた青のオーバーコートでもない。それに立ち折れ襟（コルカッセ）のシャツでもない。

　どうしてあんなものが必要だったのか？　あんな衣装が存在するのは、物語のなかだけである。記憶が吐き出す誰かの書いた物語のなかだけ。結婚式には、普通のタキシードで十分。目立って何かをするような場所ではない。

　そう、間違いなくこの点については、ジャケットさえあれば十分なのである。ひょっとしたら、ふたりを待ち受ける苦難、夫婦生活という試練——冗語法だ——を考慮に入れれば、十分すぎるほどかもしれない。それは誰もが直面する問題。だからわたしは、自分の式の当日、そういうものを着なかった。わが結婚。そんな言葉を使って、シュザンヌとの関係——関係をもたなかったのはたまたまだが——を表現しようと思えたことは一度としてない。そんなのは不適切にしか感じない。結婚の話である。不適切というか、どうしても考えてしまうのは落差——断固とした——落差が、ふつう理解されているような結婚と、夫婦を呑み込んでいる結婚のあいだには存在するということだ。結婚は、わたしたちをいやいや受け入れるが、最終的には外へと追い出してしまう。追い出すということ自体が、移植の拒絶反応と酷似している。この話題にかんしてニュースで取り上げられることはけっしてない。何千年ものあいだ、数えきれないほどの犠牲者を出してきたというのに、この惨劇にかんする警告は微塵もないのだ。自分自身でそれに直面するまでは、一言だって話がないのである。気づいたときは、もう手遅れ。わたしたちは毎日、今日は十九ドル前後が見込まれるだとか、一バレル当たりの原油価格については聞かされているというのに。話を戻そう。いずれにせよ、結婚式の当日、わたしはタキシードを着ていなかった。身につけていたのは、仕立て直された年季の入ったレザージャケットとベレー帽のみ。あの日は凍てつくような寒さだったが、古い革のジャケットで、わたしは我慢していた。シュザンヌが、頭にはフードをすっぽりかぶり、毛皮のコートに包まれていただけで我慢していたのと同じように、わたしも我慢していたのである。ロバの皮（シャルル・ペロー原作の同名の童話がある）ではないが、そのくらい薄汚れたものを着て——ひどく寒い思いをしながら、すでにひどく老いていたシュザンヌとわたしは、そうだそうだ、ウェディングケーキを食べたのである。夫婦のまねごとをしている老人ふたり。案山子のようなふたり。鳥じゃなくても恐れ慄き逃げてゆく。彼女のフードの内側にも、量もめっきり減った白髪混じりの髪が詰まっている。白髪混じりのあのボブ——彼女はあの髪型に名前をつけていた。厚めの前髪で女数学者のおでこを覆い隠すセミロングのボブ。「女数学者の額をしている」という言い回しで呼んでいたのだった。実際の彼女はちがった。シュザンヌは、ピアノだった。いつもずっとピアノだった。それ以外のことは眼中になかった。前日のマッシュポテトくらい気を引かないものだった。

写真番号6：家の庭で撮った写真。男性が子供を抱きかかえている。

写真の赤子は永遠に赤子のまま。まだ兄弟がいなかったころに撮られたもの。父親の腕に抱かれている。それは長くはつづかない。一年か、せいぜい二年がいいところ。

光陰矢の如し（タイム・イズ・フライング）。時間は風のようにあっという間に過ぎ去っていき、当時の塵くずなんて運び去ってしまう。幼年期の塵くずのことだ。

誰しも時が経つのはいつも早いと思っているが、なかなかどうして終わりがこない。こんな状態がいったい、いつまで続くのか？　誰もわからない。もし賭けることがあったとしても、自分の寿命に高く張ることはなかっただろう。なのに、まだ終わりがこない。なのに。たくさん怪我をしてきたのに。戦争もあったのに。こんな脚をしているのに。他の連中、それもかなり強靭な連中でも、あんぐりと口を開けたまま眠りについているというのに。おまえの口だけはまだ呻き声をあげている。邪悪な考えを吐き出すことだけが得意な口。そこから出てくるのは、馬鹿馬鹿しい記憶ばかり。あの映画の主人公は、そういう記憶をすべて精算した。あの太い手の指で写真を次々と破り捨てていった。それも目を見張るような速さで。光沢紙はバラバラの断片となって、いまや殺人犯の両手の下にある。痛々しい欠片として。つぎからつぎへと厄介払いされていく。紙による殺人。最初は、子供のままではいられなかった子供を。そのつぎは、妻を。大学の修了式に至るまで。いま男は自分が来た道を逆側からたどり直している。最後には何が残るのか？　何かがはたして残るのか？　あの犬でもいい。

ジョイスでもいい。紙吹雪だけでも。

サン＝タンヌ病院神経科にて

一九八九年十二月十一日

残念なことですが、お伝えしなければならないことがあります。今朝、ベケット氏は目を覚ましませんでした。

〔間〕

ふたたび意識を失ってから、彼は夜間に「昏睡度2」と呼ぶべき状態となりました。自分で目を覚ます力がなくなってしまったということです。こうなってはもう、たとえわれわれの声が聞こえていたとしても、コミュニケーションをとることはできません。この点についてわたしがあなたがたに何かをお答えすることはできません。本当に誰もわからないのです。

〔間〕

しかし一方で、痛みを伴う刺激にはまだ反応があります。そして、強い興奮状態はいまだにつづいています。医療チームが考えた対応策についての詳細な情報は、今日の午後になれば、お伝えできると思います。それは、彼がなるべく苦しまないようにするためのものです。

〔間〕

もちろん、おふたりの同意がなければ、われわれは何もできません。お子さんがいらっしゃらないため、あなたがたが一番の近親者となります。つまり、決定権をお持ちだということです。彼がご自分の医療行為にかかる希望を事前に伝えていたかどうかはわかりません。差し支えなければ、この話の続きは後にしましょう。彼との時間を大切にしてください。それではまた今日の午後に。

★

わたしとしては、真っさら（タブラ・ラサ）にしてほしい。写真などは破り捨ててくれ。さあ、すべてゴミ箱に。大掛かりな廃棄を。浴槽のお湯ごと投げ捨てられる赤ん坊みたいに（baby thrown out with the bathwater）――大切なものも無用なものもすべてひっくるめて――、今回ばかりは、ふたつの言語が同じ意見を言っている。今回ばかりは、同じことを言っている。死にぎわの同期（シンクロ）だ。これは何かの兆候なのか？　兆候ならば何の？　他にあるだろうか？　子羊のような、生贄の子供と同じである。でも考えてみれば、これが初めてではないような気もする。いったい、これから何が変わるというのか？　何ひとつ変わらない。あの男は、揺り椅子に座ってじっとしていても駄目、両手で度重なるイメージを粉砕しても駄目で、イメージが消えることはなかった。あちこちに散らばっていた。燕尾服の尾にまでくっついていた。生前に撮影された生ける屍たちのイメージ。墓穴に入る前の幸せにしがみつく生ける屍。よく聞け。おまえは海の果てで、断崖の果てで生まれて、奇跡的に崖の上まで登りきった。足裏がごつごつした岩の感触を憶えているだろ。あんなところを通ったものだから崖の土砂はばらばらと崩れていった。濃い霧のなかでは、ほとんど何も見えなかった。戦争という霧のなかでも何も見えなかったが、転落する者たちの断末魔の叫びだけは聞こえた。そうでなければ、すでに倒れた者たちが、傷口をぱっくりと開けて死が来るのをひたすら待っていた。そんなのがずっと続いた。永遠に聞こえる人間の叫び。三幕構成の芝居にできる。もちろん幕間あり。いつも幕間は必要だ。忌々しい感情の高まり。人間の根幹にある反射神経。そんなのもすでに遠い昔のこと。操り人形たちはみんな落下してバラバラになった。骨折して八方に散り散りになった。マグマのような排泄物が、赤く腫れた肉からほとばしっていた。骨の髄まで痛ぶられた同志たち。素手で石炭を拾い集めていた。シャベルを持ち上げる余力も残っていなかった。

あいかわらず大げさな奴だ。それって戦時中のことだろう。つねにそうだったたってわけじゃない。家庭の安寧を味わってた仲間だっていた。自宅で死ぬことができた者たちもいたんだ。愛する人たちに囲まれながら。近しい人の手で服の脱ぎ着をしてもらっていた負傷者たち。親の特権だよ。子供をもった男の、子供を作った男の特権ってやつだ。

いったい何がわかる？　子供の元に届けられた親の遺体のことが、子供がいないおまえにわかるものか。一度たりとも、子供なんて望んだことがないというのに。

明らかに疑りがある。こんな年になっても。希望の皮をかぶった疑りがある。息子が迷子になっても、発見を信じているような。いや、むしろ娘か。そう、娘だ。あやうく駆け落ちを許すところだった、あやうく帰ってこないところだった娘。彼女は、三十二歳のアメリカ人女性で、照明器具からぶら下がる光のように綺麗だった。ふたりを引き離した海に呑み込まれてしまった宝物と同じくらい大切だった。もういちど。最後にもういちど。あのときから会っていない。あのときで終わりだった。モウキは姿を消してしまった。正しくは、ほとんど。でもそれからは、数回の手紙のやりとりをしただけ。残ったのは文字だけ。息子もいない。娘もいない。後悔しても仕方がない。

子孫が残酷なものだって知らないのか？　父親でも母親でもいいが、子供は病気になった肉親の体の自由を奪って、息の根を止めようとするんだぞ？　あるいは、もっとたちが悪いと、そんなことをずっと願っているんだぞ？　おまえもしょっちゅう考えていたはずだ。病気を患っている家族の命を縮めることを。そのほうが楽になるからと言い聞かせて。自分のなかにずっと眠っていた深い憎しみを発散しようと思って。彼らが死ねば、憎しみも軽くなるからと言って。認めろ。両親が死ぬのを見てほっとしたんだろ。悲しさよりも死んでくれたことの安心感が勝っていたんだろ。自分で看取った彼らが死んでくれて。いよいよラストシーンで毒がまわっていくのを見ている殺人者みたいに心が晴れたんだろ。その毒は、生涯をかけてずっと準備してきたものなんだ。憎しみを糧にして、怒りの感情で糊塗をして、それが突然奇跡を起こしてくれた。ようやく死んでくれた。他人の最期を、恥だと思いながらもずっと望んできたんだろ。他人こそがおまえにとっては毒物だったんだ。

★

——お座りください。質問にすべてお答えします。われわれがあなたの叔父さんのために実施しようとしている対応策については、家族の合意が必要ですから、しっかりご理解いただく必要がありますので。

まずは、鎮静剤(セデーション)について。鎮静剤の主な適応症は、せん妄、興奮、呼吸困難の三つです。息苦しくなると、当然痛みが出ますし、まれに嘔吐の症状が出ることもあります。

今回の場合、鎮静剤を提案しようと思ったいちばんの理由は、興奮状態が続いていることです。ここ数日、ベケットさんが抱えている不安な状態は、昨晩さらに悪化しましたが、医療でなんとかできるとわたしは考えております。

ご説明しておかなければなりませんが、鎮静剤にはいくつかの段階があります。叔父さんの苦痛を和らげるには、深い昏睡状態に身を置いていただく必要があるでしょう。われわれとしましては、お気の毒ですがこれ以上の処置は難しいため、少しでも安らかな時を過ごしていただけるようにと思っております。

モルヒネの使用に関する同意は、すでにお済みですよね？

ほかにご質問はありますか？

最期を語って何になる？　語るべきことなんて何も残ってない。人間が語ることは、いつだって過去に起こったことだ。ずっと前に起こったこと。あるいは、さっき起こったこと。いずれにしても、過去のことだ。最期のことなんて、誰にもわからない。それまでのこととは、何も関係がない。何も見る必要はない。ひたすら待つだけだ。『フィルム』が終わる直前、あの男はダークウッドの揺り椅子に座って揺られている。その揺れ方は、まるで乳母に抱(いだ)かれているかのようだ。もし彼がそこにいたら、彼女がきっと子守唄を歌ってくれることだろう。乳母たちの歌声。〈おやすみ(ハッシュ)、赤ちゃん(リトルベイビー)〉。乳母たちは歌いながら月に誓う。夜明けの約束だ。

Hush, little baby, don't say a word
（しーっ、可愛い子、静かにしてて）

Mama's going to buy you a mockingbird
（ママがモノマネドリを買ってあげるからね）

それぞれの言葉には約束がついてまわる。乳母は何でも約束してしまう。静けさを手に入れるために多大なる犠牲を払ってしまう。しかし子供は泣き叫びつづけ、泣き止むことはない。日が暮れてもうじき夜になることは知っている――それは誰もが知っている――のに、どうしたら泣きやめるというのか？　日が暮れて夜がやって来る。絶え間ない逆波。毎日がそんな状態になるのだろう。子供にはそれがわかっている。だから毎日、また明るい光が戻ってくるという同じ約束が、否応なく繰り返される。でも光は走るように逃げ去っていく。夜になるたび、かりそめの光が吹き消されてしまう。真夜中の零時。もう消えてしまった。朝はまだまだ先だ。手の届かない幸せ。

待ちながら？　待ちながら——というのがいつも厄介なのだ。待ちながら、何をする？　泣き叫ぶ？　ちがうか？　亡霊たちを怖がらせるには、狼たちを追い払うには、大声を出すのがいちばんいい。もう灯火（ともしび）はなくなってしまったのだから。もう光は消えてしまったのだから。しがみつけるものは、喚いてばかりの自分の声しかない——それだけが心の支えだ。アイルランドの乳母なら、誰もが故郷のゲール語でちゃんと歌える。〈おやすみ（シャーヒン）、しー（シャオ）〉を。

Seothín a leanbh is codail go foill
（おやすみ赤ちゃん、おねんねだよ）

Ar mhullach an tí tá síodha geala
（屋根の上には輝く妖精たちが）

Faol chaoin re an Earra ag imirt is spoirt
（ほのかな月の光の下で遊んでるわ）

Seo iad aniar iad le glaoch ar mo leanbh
（ほら妖精さんたちが呼びにきた）

Le mian é tharraingt isteach san lios mór
（あの大きなお城まで一緒に行こうって）

夜の闇は赤子を怖がらせる。妖精たちなど、夜がもたらす恐ろしさや危険に比べれば屁でもない。一日の半分を覆う闇からは、誰も逃れられない。空っぽのグラスの半分からは逃れられないのだ。

ならどうして叫ばない？

試せ、ほら、試すんだ！　せめて気持ちで負けるな。叫べ、よぼよぼのサム、何語でもいい！　Yell, you fiend, like a drill sergeant! Like a banshee!（叫べ、ほら、鬼上官みたいに！　女妖精（バンシー）みたいに！）みんなに知らせるんだ、命が危ないことを、闇のことを。夜のことを。せめて警報器を鳴らせ。バンシーみたいに叫べ、死が迫っていることを伝えろ。死はもう目の前だ。叫ぶんだ、力が残っているのなら。

サミュエル・ベケットという人物はまぎれもなく実在し、パリで半世紀にわたる亡命生活を送ったのち、〈ティエル＝タン〉という高齢者養護施設で生涯を終えたことは事実です。しかし、この本は小説です。伝記を書いたつもりはありません。本書が事実と想像の両方を出発点として、ベケットという人物から作り出そうとしたのは、彼の作品に登場する人物たちのような、みずからの終末と向き合う人間の姿でした。

本文中の引用は、以下の翻訳を用いた。

ジェイムズ・ジョイス『室内楽　ジョイス抒情詩集』出口泰生訳、白凰社、一九七二年、三二頁。

――『ユリシーズ1-12』柳瀬尚紀訳、河出書房新社、二〇一六年、三七-三八頁。

――『フィネガンズ・ウェイクI』柳瀬尚紀訳、河出文庫、二〇〇四年、四〇一頁。

ウィリアム・バトラー・イェイツ「レダと白鳥」『幻想録』島津彬郎訳、ちくま学芸文庫、二〇〇一年、四一七頁。

アンドレ・ブルトン『ナジャ』巖谷國士訳、岩波文庫、二〇〇三年、一三〇頁。

オスカー・ワイルド「きみの声」『ワイルド全詩』日夏耿之介訳、講談社文芸文庫、一九九五年、二五九頁。

サミュエル・ベケット『モロイ』宇野邦一訳、河出書房新社、二〇一九年、八頁。

モリエール「タルチュフ」『モリエール全集』第四巻、秋山伸子訳、臨川書店、二〇〇〇年、二一六頁。

ハーマン・メルヴィル『白鯨　上』田中西二郎訳、新潮文庫、一九五二年、二六八頁。

訳者あとがき

パリのモンスリ公園からダンフェール゠ロシュロー駅へと向かって走るルネ゠コティ大通り沿いのベンチに、矍鑠(かくしゃく)とした白髪の老人が座っている。腕時計をしている左の手には杖が握られているが、背筋はほとんど曲がっていない。そこに、ふたりの小さな子供を連れたアフリカ系の母親がやってくる。おそらく道を尋ねたのだろう。老人は何かを説明しながら、右手で遠くを指差す。三人が離れていくと、老人はまたひとりぼっちになる。足元には街路樹のプラタナスが葉を落としている。残暑のない街に冷たい秋風が吹きはじめたころだろう。

これは、本書の舞台になっている一九八九年のサミュエル・ベケットの姿であり、彼の友人だったフランソワ゠マリ・バニエの手によって撮影された一場面である（François-Marie Banier, *Beckett*, Steidl, 2009）。北京で天安門事件が起こったこの年、イランの指導者ホメイニ師が『悪魔の詩』の著者サルマン・ラシュディの殺害を命じたこの年、ベルリンの壁が崩壊したこの年、間違いなくベケットはパリの街並みで最期の「特別な時間」を過ごしていた。

一九〇六年にダブリンに生まれ、二〇代前半でパリの高等師範学校で教職を得て、すでに『ユリシーズ』を刊行し終えていたジョイスと知り合い、戦時中はゲシュタポに追われてナタリー・サロートの自宅にかくまわれ、やがて南フランスのルションに逃亡、戦後に発表した『ゴドーを待ちながら』が話題を呼んで時代の寵児となったベケットは、一九六九年にノーベル賞を受賞した。だが、本書で描かれているのはその二〇年後、筆力旺盛な時代からはすでに遠く離れていた最晩年のことだ。「物語」は、妻シュザンヌが他界した一九八九年七月十七日のおよそ一週間後からはじまる。ベケットが息を引き取るのは、同年の十二月二十二日のことだった。

本書は、Maylis Besserie, *Le tiers temps*, Gallimard, 2020. の全訳である。著者のマイリス・ベスリーは、さまざまな文学作品を鏤(ちりば)めながらベケットの最晩年を描いたこの作品をもって華々しい作家デビューを果たした。フランス最大の文化ラジオ局「フランス・キュルチュール」で制作者を務めるかたわら執筆した本作によって、二〇二〇年末に発表されたゴンクール賞新人賞を射止めたが、多忙な彼女にとっては、現在のところ、本書が唯一の著作である。

タイトルの〈ティエル＝タン〉は、今もパリ十四区に実在する老人養護施設の名称だ。実際にベケットはこの施設で余生を過ごしたが、著者もわざわざ末尾で断り書きをしているように、本作は純然たるノンフィクションなどではない。とはいえ、高等教育機関でドキュメンタリー映画について講じた経験もある著者にとって、事実としての記録資料は作品の骨格をかたちづくっており、その意味では、虚実の皮膜にこそ本作の味わいがあるともいえるだろう。

フランス語で「ティエル」とは「三番目の」、「タン」は「時間」を意味するが、「ティエル＝タン」は一般に、教育の現場で用いられる用語で、障碍をもった人のために試験時間を（最大三分の一まで）延長できる制度を指す。いわば、十分に働いたあとの余生という「特別な時間」だが、そこには走馬灯のようにベケットの一生が凝縮されている。読者は、晩年のベケットの「意識の流れ」に身を置き、そして皮肉っぽい「語り」に耳を傾けながら、彼が生涯を通じて見てきた〈世界〉へと誘（いざな）われる。

ベケット作品は言うまでもなく、ジョイスやプルーストなどの文学作品がたびたび参照されるのも、本書の愉しみのひとつとなっている。また、（一部の）日本人読者にとっては、七〇年代から八〇年代にかけてプロレスファンを歓喜させた「大巨人」アンドレ・ザ・ジャイアントが突然、姿を現すのも嬉しいことだ。

ベケットについては、最も有名な戯曲『ゴドーを待ちながら』や小説三部作（『モロイ』『マロウンは死ぬ』『名づけえぬもの』）は言わずもがな、かなりの数の作品を日本語訳で読むことができる（邦訳リストは、日本サミュエル・ベケット協会のホームページで一覧を参照できる）。英文学・仏文学の双方の領域にまたがっているという事情もあって研究も充実しており、伝記についてもジェイムズ・ノウルソン『ベケット伝』（白水社・二〇〇三年）などが入手可能である。資料としては、ジェイムズ&エリザベス・ノウルソン『サミュエル・ベケット証言録』（白水社・二〇〇八年）があり、ポール・オースターやJ・M・クッツェーら現代文学への影響も測定できる。現代演劇に与えた影響も計り知れない。

本書の翻訳は、世界が新型コロナウイルス感染症（Covid-19）によって苦難を強いられている途上で進められた。感染拡大防止策により長距離の移動が制限されるなかで、記憶のなかのパリの街を歩き回りながら進められた作業は、訳者にとってはじめての小説翻訳でもあり、予想通りというべきか苦難の連続だったが、自宅から徒歩圏内に「第一の時」にも登場する「白鳥の島」があったことは大きな慰みとなった。家族の帯同としてパリに滞在しているあいだに、またとない翻訳の機会を与えてくださった早川書房の皆さまには、この場を借りて感謝を申し上げたい。とりわけ、邦訳資料などの収集にご協力いただいた「悲劇喜劇」編集部の大貫はなこさんには、たいへんお世話になった。

原書では文学作品の引用元は示されていないが、本書では可能なかぎり既訳を使用し、出典を末尾に示すよう努めた。また本文のうち英語で書かれた部分については、英語と日本語を併記したり、ルビで処理をしたりするなど、読みやすさや文脈に応じて、その都度判断した。ベケットを、そしてベケット作品を愛する人々にとって、あるいはまだベケットを知らない人々にとって、本書が彼の人生に足を踏み入れるための重要な入口のひとつになることを願ってやまない。

二〇二一年五月

訳者略歴　演劇批評家・翻訳家・俳人　1983
年福島県生，一橋大学社会学部卒　東京大学
大学院総合文化研究科博士課程単位取得退学
現在パリ在住

ベケット氏の最期の時間

2021年7月20日　初版印刷
2021年7月25日　初版発行

著者　マイリス・ベスリー

訳者　堀切克洋（ほりきりかつひろ）

発行者　早川　浩

発行所　株式会社早川書房
東京都千代田区神田多町2－2
電話　03－3252－3111
振替　00160－3－47799
https://www.hayakawa-online.co.jp

印刷所　株式会社亨有堂印刷所
製本所　大口製本印刷株式会社

Printed and bound in Japan

ISBN978-4-15-210037-5 C0097

乱丁・落丁本は小社制作部宛お送り下さい。
送料小社負担にてお取りかえいたします。